台北爸爸紐約媽媽

陳俊志

推薦序

割骨剜肉

讀陳俊志的《台北爸爸，紐約媽媽》

詹宏志

我坐在群山之中的環流台地，一字一句讀著陳俊志送來的書稿清樣，這裡離台北的喧囂十分遙遠，遠到像在不知名的外星球一樣。清晨露寒料峭，但我的心底忽冷忽熱，時間空間也不斷更替迭換，有一刻我彷彿回到冬日雪封的紐約，另一刻我又回到盛夏熾熱的台灣鄉間……。我的閱讀心情也不平靜，有時候我心痛地想：「連這個你也說出來？你真的很勇敢，但太苦了吧！」有時候我卻情急得想大叫：「俊志俊志，你在幹什麼？你把好好一個故事都糟蹋了！」

讀完之後，我卻掏空虛脫一樣，稻草人似的呆坐在那裡，好像把情感感覺情緒思緒都耗用盡了，一時三刻不適宜回到人間，更不適合議論思考……。

這是什麼？這究竟是一本什麼樣的書？

這當然是一本勇敢而哀傷的書。

它勇敢而哀傷，我卻不能倒過來說它哀傷而勇敢，就意味著故事雖然哀傷，最後卻讓我們感覺到書中人或書寫者的勇敢，那故事的未來就透露著光明與療癒的可能性，它就是一本提供希望與信念的書；但我說的是勇敢而哀傷，意思是，儘管書中人或書寫者如此勇敢，努力對抗某種沉重的命運，終究夜幕還是落黑下來掩沒一切，最後的結局只剩纏綿不去的哀傷和疼痛，這就成了一首反覆低迴、隱隱作痛、無法卒聽的絕望之歌。

什麼如此勇敢卻又如此絕望？因為這個故事血肉相連，無從分割，一切割就血肉模糊，與汝偕亡，一點救贖的希望都沒有。

在中文世界的書寫傳統裡，懺悔錄式的告白書寫向來是不存在的，告白自剖所帶來的滌淨作用也是不被承認存在的。在中文傳統裡，書寫是用來教化和諧的，不是用來揭露衝突的；自省也是用結論來道德教訓別人的，很少是用過程來裸露鏡顯自己的。也許西方文學才有向上帝懺悔的傳統，上帝既然是全知的，你還沒說，祂已經完全明白，懺悔者當然沒有遮掩修飾的必要。即使到了現代化社會，上帝的連鎖事業營運已經過時，不能全面照應；精神分析與心理分析已取代上帝，繼續提供聆聽告白的收費服務，愈赤裸黑暗的自省，被視為是愈接近治療的告白。往自己內在暗處深掘、不畏瘡疤傷口的作品，因而成為西方文學一個令人戰慄佩服的傳統。

但我們屬於「子為父隱，父為子隱」的另一種傳統，我們不是誠實認真面對自己的民族，而是遮掩傷痕、粉飾太平的民族，也是傾向於好死不如歹活的民族，我們總是世故地抹去銳邊利角，隱去內心的真實慾望，虛情假意地配合別人。我們不愛真相，真相永遠是玻璃破片，割傷別人也刺痛自己，我們活著已經感到艱難，還要內在真相來折磨自己做什麼？

這樣，你就知道陳俊志這本書有多麼稀少和多麼驚世駭俗。

陳俊志的書有雙重告白，一是家族私史，一是情海翻騰。但前者更準確的說，是家族醜聞的私密回憶；後者則應該說，是同志世界的慾海翻騰。而兩者在書中也曾交會成一個高潮事件，那就是他的油漆工男友劈腿自己的親妹妹，比通俗劇更誇張戲謔的那一刻……。

這就是我說故事無法分割的緣故。你如何可以分割血緣？己身所從出，或從己身所出，通通無可選擇。生物父親是一個結果，不是願望，更非離奇身世可以改變或掩蓋；你可以被平凡或奇特的俗世父親養育成人（包括他是一位國王、園丁、或一匹叢林野狼在內），但你只可以有一位真正給你DNA的生物父親，不管你自己知不知道（陳俊志是知道的，因為他在書中寫道：「……敦化南路家屋二樓逆光的廁所馬桶，童年的我無意中見到父親的陽具。在逆光中，在微粒飄浮的空氣塵埃中，在偶然閃現的記憶中，那模糊不清的陽具是賜予我生命的源頭。」）。

陳與父親的衝突也是雙重的。一方面是父親因債逃家，沒有負起對妻子與兒女的責任；另一方面則是父親不接受兒子是同性戀者的事實，兒子的自我與家庭顯然是無法共存的。但這種不得理解的衝突無路可出，連爭辯甚至弒父都無法解決，除了自我放逐，流浪到另一個場域去做一個沒有來歷的鬼魂。

或者，你要像三太子哪吒一樣，割下你自身的骨頭還給你的生父，剜出你全身的肌肉奉還你的生母，只有把血肉都銀貨兩訖付畢還清了，我們再無瓜葛，你才能真正脫離血緣的牽連與家族的枷鎖。在此之前，你只能絕望地抱著一絲希望，一覺醒來，自己已經變成了毫無牽掛的孤兒……。

「地獄就是別人。」但當中最靠近地獄的一種別人，就是「家人」。自由意志與血肉牽連先天不相容，這件事一早就被存在主義者識破了。

如今陳俊志已經是個不懼牽掛、回首過去的鬼魂，他無限柔情地觸撫家屋寫真的映像廢墟、咀嚼往日片段的荒蔓記憶，再緩緩春蠶絲吐隻字片語的書寫過程，在我看來，猶如是一小塊一小塊凌遲地割骨剜肉還返雙親的寫照，也許完成這本書，他已經脫離親緣、超渡自己了。

用這樣斷絕殘酷的象徵，我也才能夠說明這本書的重要性和震撼性。但我也許還不能說出書寫家族暗黑史的意義，陳俊志不只在書寫過程中超渡了自己，其實他也通過一種俯瞰的觀照，超渡了其他家族成員。世俗給家族某些成員的評價描繪可能有敗家敗德、任性浪蕩，只有通過另一種理解，才能賦予超脫的形象，他們才超凡入聖了。

書中一段描述，可能會讓我回味多年。那是關於不守婦道的二姑姑的一場戲，眾人正在新店溪谷的土雞城為父親舉辦一個宴會，二姑姑帶著膩戀的男友前來，席中父親突然臉色鐵青開罵起來，場面正顯得不可收拾。但二姑姑「從來不是溫婉嫻淑的良家婦女」，大家正在勸嚷之中，這時候，卡拉ＯＫ樂聲響起，「二姑姑忿忿地拉起祿仔……前一步後一步婀娜多姿地跳起恰恰……。」

黑暗溪谷泛著鬼魅燈火的土雞城，徐娘半老的黑貓二姑姑示威似的、不認份的、不服世俗禮教的，在卡拉ＯＫ委靡的樂聲，拉起一位中年台客，煙視媚行地跳起恰恰，這個勁爆場面俗擱有力，寫實到超現實的境地，耐人尋味到不行，也不負書寫者本是影像藝術家的身份。

目次

我感激我擁有這樣的創作機會，如鬼魂重返已經毀滅的家屋，摩挲撫觸所有不在的往日，流連忘返，再活一次。

很少有創作者那麼幸運，可以同時寫字與造像，一年又一年和往事相處，在倉皇隧道的底處見著光，恍然發現所有死去的和活著的一起在光裡團聚，互望凝視，一刻都捨不得離去。

在世界盡頭，一個新的家屋浮現。我隔著光望去，滿心感激。

MAR • 71 •

生命是一齣複雜難解的通俗劇，
我將以編織者的毅力，
細細密縫，
試著書寫家族裡那些說不出口的秘密，
這些人與那些人心裡的黑洞，
閃爍在新店溪與哈德遜河的波光粼粼中。

Print Dryer
TYPE R
TYPE C
CX 沖片

代序

一個人在路上，想回家

這是二〇〇五年東京的早冬。

我再度帶著自己的影片流浪在參展的異國旅途中。東京影展讓我住極好的飯店，一切禮貌周到，盛大華麗。我卻只和相熟的日本好友藤岡朝子廝混，每晚在澀谷小巧的居酒屋喝到半夜，曲折轉搭不熟的地下鐵回去，在迷宮中漫遊。

地下鐵千代田線國會議事堂站的月台形狀彎曲怪異，兩個月台中間阻隔著厚大的水泥牆，據說東京地下通道在此，複雜的蜘網深藏地底秘密。回到飯店，房間暖氣充足，我在溫暖的澡缸洗去一身酒意，往外看去，路上一個人都沒有。窗外飄起細雪。

我和朝子相熟幾乎已有十年。我們同在亞洲貧窮的紀錄片圈子裡奮鬥，一直過著儉省的生活。居酒屋的夜晚，她溫暖的眼神讓我有種錯覺，以為逝去的姊姊在她身上復活。在酒意鼓舞下，我囁嚅說出這些年來一直想拍攝我的家族故事，卻一直沒有勇氣面對。

20
「男の「夢航海」

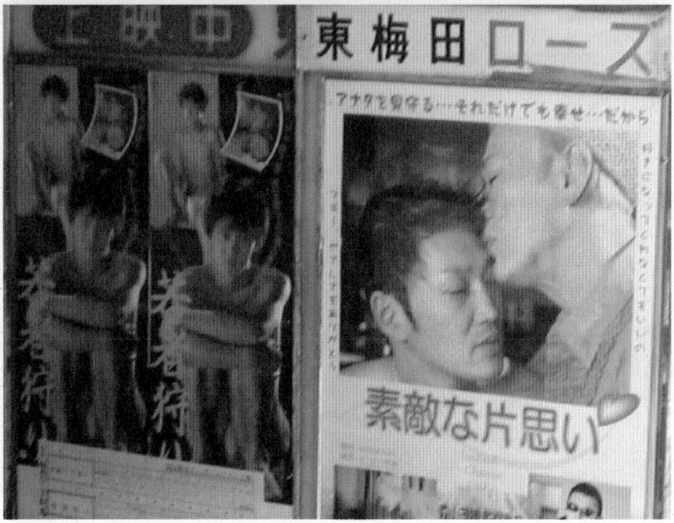
東梅田ローズ
アナタを見守る…それだけでも幸せ…だから
素敵な片思い

5/25(木)~5/28(日)
大正ロゴ
『アメリカ売村』
6/2(金)~6/4(日)
劇団・A・P・B-Tokyo
『狂人教育』
6/7(水)~6/11(日)
劇団「グレイトフルライフ」
『SCHOOL OF THE DEAD』
6/13(火)~6/18(日)
アロッタファジャイナ
『錆びた少女』
岩下志麻

藤岡朝子是資深的策展人，總在挖掘不被注意的影片，她在東京大學兼課，邀我到她的課堂上。朝子的身世像我一般漂泊，少女時代隨著商社的父親移居慕尼黑，然後紐澤西，一直以為自己沒法再融入日本的社會。她現在還是和老去孤僻的父親同住東京目黑，一個屋簷下，截然兩個世界。

微雨的週末清晨，聽任朝子的安排，睡眼惺忪搭上往大阪的新幹線，在一棟奇形怪狀的酷異建築裡，和一群激進的關西同志運動份子，熱切討論著自己的片子。

灰撲撲的大阪在雨中的確沒有東京亮麗。走馬看花了大阪觀光區動物園站，看到好多老人遊民在頗社會主義風的教堂前排隊領救濟餐，衣著樸素的牧師在大街上張開雙臂。

藤岡朝子帶我來到一間小巧時尚的咖啡屋電影室，她和老闆談著昔日打地鋪為電影燃燒的往事。我反正聽不懂日文，專心觀察背後放映機青年俊秀的臉在光影中流動。他站在侷促的放映間小平台上，百無聊賴的長手長腳不知往哪裡擺。另一個賣票的男孩跑進來，一看就是個 gay。兩個青年偶爾輕聲交談，好像上演著一齣壓抑的感情戲。

我和朝子在陌生的大阪一直走路，參訪了幾個電影機構之後，我腳瘦得再也熬不住了。她帶我到飯店安頓好，準備晚上還有一個行程。朝子問我她可不

徐行

可以在我房間休息一下，因為她實在也累癱了。

小小的房間在天色黯淡之後，顯得氣氛曖昧。朝子脫下外套，和衣側躺在床邊另一側。男與女獨處的尷尬，時間一秒一秒過。一個記憶閃過我腦中，那是新店鄉村冰果室的夏日時光。童年的我們幫忙大姑姑賣剉冰顧店，姊姊彎腰洗碗，少女初長美麗的乳房乍現，就一瞬間，我卻一直記得。

姊姊十九歲就死了。我常常幻想一種身世遊戲，想像拼湊姊姊現在幾歲，隱藏在世界的哪一個角落，過著怎樣的人生。她躲在街角，熙來攘往人潮中，隨時準備給我一個驚奇。告訴我一切都是假的，一切苦難都沒有發生過，我們的家庭從來沒有破碎，生命如花朵。

在大阪的夜色籠罩下，故事彷彿在暗流中俯瞰著我們，我在窄仄的飯店和朝子講起我的家庭，我賴以依存的往事。在闇啞的片段閃現的靈光中，我清楚明瞭，我已是無家之人。

父別書

我從來不能正視我的父親。坦然地看著他。我知道我心裡有病。我不知道要如何能不恨父親。比復仇還巨大的重擔從來沒有離開過我。我知道我只能複雜曲折地刻字造像，用攝影機用書寫，在字裡行間細微的縫隙，悄然凝視家庭的傷口和自己靈魂的破裂圖像。

全家福

父親算是古早年代的典型台灣好男兒吧。在民國五〇年代刻苦學藝，成為柯達Kodak彩色沖印在台灣培養的第一代師傅。他和媽媽的戀情想必古典純情，外公外婆家算是當年撤退來台的殷實之家，美麗的門市部富家小姐卻不顧外婆反對，執意下嫁新店鄉村身無分文，孤傲寡言的暗房少年師傅。在新店溪貧困家庭長大的我的父親，三十歲不到白手起家，開創了彩色沖洗業的第一個本土品牌，爵士彩色沖印公司。

他的發跡故事，開始於一台摩托車的靈活資金調度。身為長子的父親二十歲開始養家，每天早出晚歸搭公路局顛簸新店烏來山路，常常趕不上最末班公路局。他的妹妹，我的二姑姑，用她少女時代攢下的私房錢，買了台摩托車送給哥哥。二姑姑當年是黑貓型的美艷女，而且她個性豪放，手腕靈活，從台糖小姐，商展小姐，一路當到台菜餐廳能言善道的女副理。二姑姑從來不乏追求者，口袋一直麥克麥克。父親後來典當了二姑買給他的那台摩托車，用第一筆資金大膽賭注，在中華路小巷子開了小小門面的爵士。

民國六十年，弟弟尚未出生，我們姊弟三人，在爸爸開的爵士彩色照相館巷弄裡，興高采烈地和爸爸的車子合影。

爸爸的第一家爵士彩色沖印店。

父親的爵士彩色沖印公司，全盛時期，全省有七家連鎖門市分公司。彼時，連鎖企業（affiliation）的概念與know how，在台灣實屬罕見。我的父親，搶在時代前頭，創立了自己的王國。

爸爸和女明星們— 圖最右為張小燕。

我的父親，在他盛年事業的顛峰，睥睨看著前方，高高舉起酒杯。

民國六十年，爵士彩色南京東路門市部開幕那天，我和姊姊、妹妹以及表姊。背後玻璃門上貼的紅紙條寫著，「歡迎上官靈鳳小姐，蒞臨剪綵」。

爵士彩色員工旅遊時，阿公阿嬤大姑姑三姑姑，還有媽媽帶著我們三個小孩。我和姊姊拿著特別訂製的公司旗幟，在神氣的黃銅獅子下頭。背後是我們住的氣派的溪頭招待所。

媽媽厚道蔭夫，不但偷偷回娘家借錢，也親力親為沒日沒夜在暗房與門市穿梭忙碌。在攝影術漸漸普及到台灣每個家庭的黃金年代，夫妻兩人同心奮鬥，打造了父親日益擴張的彩色沖印事業。

爸爸的爵士彩色越開越多家，我那迢遙模糊的童年印象，一直停留在敦化南路名人巷寧靜美麗的家屋。我記得鄰居住著台視的當家小生江彬，中視的女明星陳佩玲和馬之秦，還有剛出道的華視小歌星甄妮。我記得那些幸福無憂的夏日午後，媽媽哄著我們四個小蘿蔔頭，在沁涼的冷氣房內終於全都沉沉睡去。

父親躋身上流社會，迷人的攝影術點石成金地改變了他的貧苦出身，連白嘉莉張小燕都滿口叫他陳董陳董。父親馬上把土氣的本名陳阿增花大錢算命改成富貴萬年的陳鵬文。他闊氣地到處獵豔留影，招惹無數台北最美的女人。

攝影是慾望的流瀉，也是改變階級的工具。父親以為他永遠擁有鍊金術。他一輩子從來沒能夠從當年的雲端顛峰彎下腰桿，腳踏地面。父親是君王，是族長。他以為他的所有決定絕對正確無誤，一貫霸氣凌人，對人不留情面。胼手胝足一起奮鬥的媽媽成了帶不出門的黃臉婆，整天在家當老媽子帶我們四個小孩。而他的姊妹手足，我的姑姑們則成了他龐大企業體之下供他頤指氣使的傭婢。

童年的我不懂這些偷偷留藏在我心裡的詫異的記憶伏流。為什麼那麼疼我們的爸爸，半夜應酬回來總會偷親四個小孩的爸爸，白天坐在董事長的椅子上卻時時咆哮，吼聲響徹整個公司，變成讓我害怕極了的另一個人，不敢接近他一步?!

兩個截然不同版本的父親，讓童稚的我漸漸疑惑混淆，終於和他距離遙遠。

家裡的氣氛漸漸改變，父親頻繁的外遇讓再怎麼溫馴的媽媽也受不了了。外遇酒家女阿珍阿姨，每天半夜打無聲電話到家裡，讓一向溫柔馴良的母親終於歇斯底里嚎哭大叫。在這同時，父親借高利貸過度擴充的彩色沖印企業體遭到了石油危機的波及，再也撐不下去。父親在民國六十六年宣告倒閉，欠了兩千萬，馬上要因票據法坐牢。

他一手創辦的爵士彩色七家連鎖門市拱手讓人，他和媽媽倉皇決定逃到美國，希望能做工還債，翻身做人。逃亡前的最後一天，父親落魄地牽著我們的手，回到爵士彩色的攝影棚內，留下一張我們永遠沒再能團圓的全家福照片。幻影般的攝影棚處處透露太過人工的光亮整齊，那一天，我第一次看到爸爸如此落魄疲倦。

我的童年從十歲那張強作笑容的全家福開始，撕裂，我窮盡一輩子的氣力

民國六十一年，爵士彩色公司的員工旅遊。

爵士攝影棚的最後一張全家福。

在掩飾，在欺騙自己，沒有創傷，沒有闇影，沒有黑洞。

某一個完整的自我形象也永遠從我生命中失去，封存在那張照片裡，用盡所有神秘的招魂術也無從喚回。舊照片裡那個無憂無懼童年的我，好比慈悲的神佛俯視著日後心裡千瘡百孔一夕老去的我，隔岸相望，恍若隔世。

忘川之水

那是一個太陽好大的下午，阿嬤拖拉著我們四個不知世事的孫兒們，大步跨向新店溪上游的故鄉小村，一步一步走向破落荒蕪的另一種生活。那天好熱，村口的野芒草也發狂似地張牙舞爪。小村莊處處耳語。「伊後生真正夭壽哦，欠人幾千萬又放四個囝仔給老人拖磨。」

童年碎裂成好多斷代史，一片一片的故事碎片之間遽然猛烈被扯斷，一個畫面跳接另一個畫面，毫無邏輯。他想破頭也找不出關連，人生好比走馬燈，他在記憶中黏貼魔術燈籠的畫片，用盡力氣尋找邏輯的鎖鍊。畫片工筆細描，透著光線煞是美麗，細看又線條扭曲複雜，跌入另一個畫面，難以言說。秘密變成一座無法攀越的山。有時在拉K跌入幻覺的瞬間，有時在採集他人或自己家族故事的瞬間，他總以為靈機閃動，如就要掉入捕獸器的珍禽異獸，賓果就要得分。人稱、時序、畫面卻又完全亂套，一切永劫回歸。

他早已分不清楚虛構與真實。界線畫在哪裡，那裡就是說書人權力的開端。一片繁花樂土，創世紀的光由此而生。他是在一次幻覺漫遊差點回不來的

紀錄片影中人，歌仔戲台上的背影。　攝影：Jeff Chang‧ Singapore

旅程領悟這個道理的。那次他差點回不來了，只差一分一刻他就留在界線的彼岸，再也回不來了。彼岸開出魅異的花，殷殷召喚，留下來吧，留下來吧。你再也回不去了。只差一分一刻就到了。

那一次越界的經驗源由於他挑戰業界的倫理。他拍紀錄片已有十年，第一次打破界線，和劇中人上床。伊是俊美的乩童，年輕挺拔，原先只是影片中極為模糊的配角。他拍攝影片有個篤定的工作習慣，拍攝前期絕不看工作帶，直覺到拍到了，click一聲，他關掉攝影機，埋首閉關剪接。無限纏綿和成堆的母帶奮戰，尋找故事成形的線條，勾勒結構，挑戰敘事的底線。那也是發瘋和清醒的邊緣，他有好幾次剪接閉關期憂鬱症發作，幾幾乎要跳下樓自殺。愛上影中人，卻找不到故事的出路。他開始著迷於劇情片與紀錄片的交媾實驗，在虛構與紀實的迷宮中漫遊。

那次拍攝的主題恰恰提供這樣的模糊地帶，他跟拍一群鄉村歌仔戲班的業餘演員，大多是gay。演歌仔戲不足以維生，虛構的戲棚上他們每晚敷衍各式戲文角色，酬神謝眾，和俗豔喧鬧的電子花車同台拼場。戲棚腳下，他們寫實地兼職打工，認命苦勞，賣炸雞排賣保險賣靈骨塔。他拍到一個畫面，煙霧瀰漫的桃花女鬥周公戲碼，桃花女佈下一重又一重法術機關，躲避周公的無邊追殺，樹林中竹簍灑豆，幻化天兵地將，只求倖存一命。文武場鑼鼓揚起，俊美的工人噴乾冰換景片，挺拔的身影讓他心中一動。他拍下他的背影，並不知道這個鏡頭日後將預示些什麼。

後來這部歌仔戲的短片成了影展的開幕片，他同時有兩部片參展，盡心竭力豔裝出場。影展也是某種形式的舞台，權力資本和複雜的美學競賽，導演當然是粉墨登場的演員，一刻不能鬆懈。歌仔戲這群朋友超有義氣，知道他力衰就要撐不起這台戲，每天每夜陪他幫他打氣。他和乩童就是這時候搞上床的。乩童帶他到飯店拉K做愛，他說你知道嗎我是在那個畫面愛上你的，你的背影教我難忘，我看了一遍又一遍，一定要剪進片中，當作一種神秘的象徵。

也是在飯店潔淨的大床上，他才知道他兼職當乩童。印象中，他一向在戲棚邊穿著時髦，容顏桀傲細緻，適時的搞笑插話，心思細密極有分寸，怎麼也看不出他是個乩童。

他們一回又一回的做愛，然後補K繼續。他喜歡他進入時溫柔又堅挺，囈語呻吟像女巫無邊的呼喚，他正面幹他時，眼角餘光他能看到正對著的年輕男體，細腰柔和迴轉成他手掌緊握抓的弧度，腹肌結實眼眉緊蹙，他忍不住翻過他身體換他幹他。

性戲帶他們一輪一輪的進入意識的更深層，他講起成為乩童前閉關的那四十九天，他禁錮在南投客廳神壇旁的小隔間，除了三餐送食，沒有跟任何人

攝影：Jeff Chang· Singapore

接觸。他開始比起手訣，口中念念有詞，一揚手房間就變了個樣。溫度顏色空氣中飄浮著的微粒，全都起了突變。他開始用手訣為他驅魔，凌空拔除他身體累積的苦楚。急急如律令，去！每一個指令，他的身體就輕鬆一分，靈魂酣暢。他喜歡這個年青乩童如此頑皮慧黠，動念跟他撒嬌，「帶我一起進去好不好？」

「我想跟你一起去，你敢不敢帶我一起去？」

（姊姊在她十九歲那年，媽媽拿到美國綠卡的前夕，吸食過多紅中白板，陷入昏迷，在林森北路慶生醫院三度電擊急救無效，宣告死亡。她死去二十多年來，我嘗試用各種有形無形的方法和她接近，我想知道她在想什麼，我想聽見她沒有說出的話語，我渴望進入她的世界。一次又一次。我十七歲那年，姊姊死了，她沒跨過那道黑洞，我呢？我跨得過去嗎？）

他們後來並沒有一起進入K世界。兩人稍一遲疑，清醒的理智籠罩圍繞，他們身陷牢籠，一對被捕的獸無能突圍，躺在飯店的床上不能動彈。潔白的天花板邊緣泛著靛藍的微光，微微發抖。還是在有字的世界，典章規範，一切蒼老如常。他向他道歉，說自己恐懼沒有能力帶兩人出來。他摩挲他的手掌，感

攝影：Jeff Chang· Singapore

受腦中的意象。身體是容器，鏤刻著傷痕與理解，承載了氣息與記憶。新店溪畔野芒草翻天覆地撲來，那一天陽光明亮，一個殘缺的家庭白晃晃逆光走向新的斷代史。

阿嬤牽著我們的手搬回新店祖屋。粗陋的木板房讓父母遠去，沒有庇護的我們四個小孩更加怏然不樂。我們不敢出聲，知道台北美麗的家屋已被爸爸的債權人申請法院查封，一條一條白色封條閉鎖了回到童年的路。年邁的阿嬤責任重大，沒有時間沉溺哀傷，回到祖屋讓她恢復農婦本色。她倒了四杯水給我們，要我們喝喝看，然後像急著炫耀的魔術師，拿出她從台北特地裝來的水，我們一喝啐地都吐出口，「阿嬤，台北的水怎麼那麼臭啊?!」我們四個小孩開始搶著喝起新店溪甘美的白水。

「我們這裡的水，是山上引來的，不像台北的水全都摻了化學毒！」

日後天一放晴，阿嬤會輪流牽著我們的手，深入屋後山林尋水，一段一段用水管竹筒接牢。山的最深處，濃綠的森天巨樹蔽天，落英繽紛，泉水沿著碧綠青苔石壁湧現，匯流成小水潭。

美國的味道

民國六十六年。媽媽飛美國的班機在清晨時分，她堅持我們小孩不能到機場，她不能面對這樣的送別場面。阿嬤特意早起，煮了少見的豐盛早餐，為她一向不和的媳婦餞別。最最隱忍懂事的姊姊淚水滿眶，離席衝向洗手間。嘩嘩的流水聲蓋不住她壓抑的哭聲。那一年姊姊十二歲，弟弟最小才六歲，我們四個小孩輪流躲在廁所裡用自來水沖去淚水，紅著眼睛裝作沒事，再回到餐桌大口吞下稀飯。

媽媽卻一滴眼淚也沒流，扛著大行李箱一階一階走下萬盛街四樓公寓，在天亮之前出門。阿嬤不讓我們下樓，弟弟第一個爬上去陽台，看著路上的媽媽終於大聲哭出來。隔著鐵欄杆媽媽的背影越走越遠，我聞到一絲曇花的香氣。

從小阿嬤在陽台種滿曇花，一大盆一大盆，毫無美感，只為了摘花當藥引。阿嬤半夜等候，摘下綻放的曇花加冰糖熬湯給我吃，她聽鄰居說吃曇花可以治好我的氣喘病，就此深信不疑。曇花的味道就像種在我的身體，盤結生根，綻放於夜未央。媽媽和阿嬤完全相反，只要我生病，她只帶我去兒童保健

REGISTERED MAIL
R 302 846 888
22 USA
Red-winged Blackbird
22 USA
Ringtail
Taipei Taiwan R.O.C

醫院，在信義路國際學舍的對面，一層廣袤的平房。大廳掛號處擺著一座當時好少見的昂貴旋轉木馬，白色小馬披掛著華麗的織錦皮鞍。打完針我一定能搭上好幾趟木馬作為犒賞，然後走到對面的小美冰淇淋吃香蕉船。

媽媽熬到轉機大阪機場，才打國際電話跟我們報平安。她保證一定會辦到綠卡，「明年一定會接你們到美國住！」只是突然間媽媽泣不成聲。我們年紀太小，還不知道她在說謊——拿綠卡是一件多麼困難的事。遙遠而不可預期。

我很確定就在那個清晨，大阪機場收訊微弱的那通電話，我開始喪失對媽媽年輕聲音的記憶。母親成為抽象的存在。我的母親從此無聲藏匿在她定期寄來的美金現鈔，一張一張百元現鈔整整齊齊折疊在她寫滿娟秀字跡的信紙中。

我拼了命想像字跡背面母親在紐約生活的真實細節，閉上眼睛希望出現畫面聲音事件味道和體溫。可是母親的信線索太少。每個月重複出現，「慧敏，俊志，阿妹，阿弟，媽媽在美國拼命做工希望早一天把你們接來團圓，這個月的四百元美金，三百元交阿嬤家用，慧敏住三姑姑家交六十元，另外你們每人十元零用錢。等媽媽下個月賺更多錢，再寄多一點回去。不多寫了，媽媽要趕去做工了。」

童年的信紙交疊著消逝的年輕母親的聲音，他向往事追索，有點明白他為何成為一個製造影像的人。他總在人生的闇影中渴望抓住一點亮光，讓他不至於滅頂。如黑暗的電影院裡，光亮的影像讓所有人進入一個被拯救的世界，填滿欠缺與心底的黑洞。關錦鵬的《阮玲玉》，張曼玉擬仿未成名前的阮玲玉在寒冬微曦，披著毛衣一筆一劃在燈下瑣碎的記帳，每分每毛錢錙銖必較。他那麼熟悉那種娟秀的筆跡，從小演練過多少次母親半夜起來記帳寫信，黏貼郵票的動作，一格一格畫面似曾相識，栩栩如生。

他後來跟演員一起工作，總是貪心地希望再現記憶，模擬記憶。讓聲音、眼神、情緒逃出必然的遺忘，宿命的疏忽，所有細微的動作突圍而出。蝴蝶振翅飛起，撲撲的聲音如靜室的心跳，震耳欲聾。他會在分鏡腳本上密密麻麻寫著不知伊於胡底的導演提示，如迷路而慌張的羊，竊竊私語，高貴又卑微地希望頂住遺忘。

（如果有一個更全能的敘事者蹲踞山頂，俯視這一切分析、記事、結構、佈局……沒有情緒地看著相隔三十年的我的記憶和他的覺醒。你和我和他，和這個巨大的全能者，隔著時間的紗幕怒目逼視，或聲息相聞，或凝神猜測，像彼此監視提防的間諜，在時間的羊皮紙上沙沙刷過，在大腦皮層寫下複雜的密碼。我和他一樣，盡己之力，殫精竭智，好比勞動的工人編織的巧匠，娟秀的筆跡不懈地擬仿複寫書寫的意義。不斷對你說，我們能走到哪裡？）

這是我記憶中年青的母親，她在每一張照片中，都發著光似地那樣美麗。

是的，還有一種「美國的味道」，我差點遺忘。日後，在我留學紐約的年月，在布魯克林猶太區一個老式的糕餅舖子，我無意中嚐到一款橢圓形狀，不規則完全沒有切割的巧克力，一股苦澀的味覺通過舌頭直衝鼻端腦門，剎時我渾身充塞著失去母親的新店的童年，穿過時間而來的複雜滋味籠罩全身。我的母親被遺忘在美國，她的孩子們被遺落在新店。

搬回新店屈尺的我，變得不愛說話，自閉在孤獨的世界裡。在鄉村圖書室，借了一本又一本今日世界社出版的兒童讀物，幻想美國的生活。我記得一本童書講到美國飛行員打越戰，飛機墜落叢林，雙腿受傷，還好善良的越南村民救了他。飛行員當然陽光金髮，性格一定開朗熱情，村民則個個像菩薩。他從背包拿出配給的巧克力給好奇的村童吃。那一頁我讀了又讀，書中的美國巧克力滋味甘甜，入口即化，我和越南村童一樣不捨得吃完，那一頁讀了又讀。

後來，猶太店員告訴我為什麼那巧克力形狀怪異，像做壞了的山東大餅。因為那是最便宜的原料巧克力，所以沒有切割。那些年的冬天，媽媽都會寄來聖誕節包裹，裡面有給我們四個小孩的美國大衣，每一件都大了好幾號，讓我們可以穿許多年。大衣沾染了巧克力的香氣，包裹下層放的就是這種圓盤狀的巧克力。我們搶著掰開小塊放入口中，味道苦極了，難以下嚥。

媽媽從紐約每個月寄生活費，寄美國包裹，一次都沒有讓阿嬤開懷笑臉過。阿嬤只掛念爸爸，那個丟下四個孫子拖磨她老年苦命的長子。只靠著阿公做粗工的收入，阿嬤持家的確捉襟見肘。在「客廳即工廠」的那個年代，我們做過各式奇怪的家庭加工，包海灘氣球黏聖誕燈飾畫陶瓷娃娃，大多數最後外銷美國。每天燒完香吃完晚飯，準備好阿公滷三層肉的便當，阿嬤就吆喝我們一起蹲坐小板凳做家庭代工。阿嬤節省到規定全家只准開一盞二十燭光的小燈泡，客廳實在太昏暗，阿嬤關門時沒注意夾死了鄰居養的小黑貓，血肉模糊一片。

我的近視越來越深，阿嬤幫我配了最耐用的大黑框眼鏡。過年時拜好祖先放完鞭炮，阿嬤要我們四個小孩穿上過長的美國大衣，在院子排排站好，對著鏡頭僵硬笑開。她要寄照片到美國給爸爸媽媽看，她有把這四個孫子顧得好好的。

他開始躲進書本的世界，用準備考試當藉口，可以躲避鎮日蹲在客廳做家庭代工。他躲在阿嬤種菜的菜園後茂盛的一片竹林，清爽風微微吹來，山內坳地剛好可以躺下讀小說，遠眺眼前空曠的新店溪，河水一路悠悠流向台北。他像安靜的蜘蛛貪婪地織網，構築自己不容入侵的世界。這個世界瑰麗澎湃，令他斂目肅然，幻想就要縱身巨浪，海底冰涼，放眼都是怪奇的生物，各式各樣，讓他羨慕。考上台大之後，他重返舊地，在這片竹林裡讀完了薄薄白色封

媽媽到美國之後，寄來的照片總是面目模糊，我再也記不得媽媽的臉，甚至忘記母親的聲音。

母親在紐約，做過各種工作，養活她遺留在台灣的這個家。媽媽卑微的相信，她這麼拼命做工還債，總有一天能洗底做人。

面的《少年凱歌》，還有，綠色書皮阿城寫的《棋王》。這一年，養育他長大的阿嬤已有阿茲海默症的前兆。

日後我怎麼也找不到這兩本書，老去的爸爸幫我在新店老家潮濕的儲藏室翻找。上鎖的大木箱一打開，蟲蛀的整箱書早已毀壞。

星星知我心

1

他在大學聯考前一天，被震怒的父親鎖在房間，因為他的父親發現他偷偷報考剛成立的關渡藝術學院戲劇系的術科考試。大學他因此考得極差，掉到他極不喜歡的學校科系。周圍的同學男生每天打彈子打麻將和女朋友在所謂墮落街同居混青春，女生每天打扮的漂漂亮亮最大的志願是考上空姐或者當英文秘書。每天通車台北淡水上學他無比寂寞想念建中那票老同學他們曾經有那麼多遠大的志向。他在心裡發誓一定要轉學考回台大和他們團聚。

台鐵淡水列車在還沒拆去的舊日月台上，他和一樣考的不好掉到輔大，他曾經暗戀的老同學偶爾在月台兩頭看到彼此。那男孩是建中橄欖球員，當然是異性戀不可能對他有任何情愫。時常碰面訴苦談心好像醞釀了曖昧不明讓男孩利用這種氣氛向他借了一筆錢從此一輩子消失不見。他在淡水運動場ＰＵ跑道每天自己長跑鍛鍊苦讀準備轉學考的體力，突然覺得再也受不了這一切煩悶，低下頭乾嘔卻吐不出來。

困在淡江那年記憶幾乎他只記得大一國文老師李元貞有天穿著微微透明，陽光都透得過去的白色洋裝走進來，說起當年校務會議全體動員痛罵美麗島事件時，她的耳朵就自動耳鳴，什麼都聽不到。還有一個教西洋文學概論的老先生，搖頭晃腦狀似昏庸其實意在言外地演繹了上古天神砍礫了雌雄合體，男女男男女女，四隻腳四隻手，太過驕傲的文明初始人。從此這些分離的陰陽人，終其一生，惶惶栖栖，在茫茫人海中尋找自己失去的另一半。

2

民國六十六年，爸媽逃到美國之後，我和弟弟妹妹搬回新店老家，跟阿公阿嬤住。爸媽央求在台大對面開西裝店的三姑姑收留姊姊，到高中聯考考上好學校為止。姊姊已經在長安女中讀二年級，爸媽怕轉學影響她的功課。

那幾年，三姑其實也被爸爸倒了許多私房錢，她完全不敢讓三姑丈知道。

三姑姑陳盈潔（最左方）總是抱怨阿嬤把她生得最醜，鼻子最扁，眼睛又小，所以她說她從做女孩子的時候就很認份，是全家最乖的小孩。在這張民國五十四年拍的照片中，三姑姑抱著當時剛出生的姊姊陳慧敏，在她的哥哥，我的爸爸開的爵士彩色店裡幫忙。

連她西裝店裡一堆車布邊的歐巴桑都被牽連，最後都得靠三姑負責善後還錢。三姑還是讓姊姊住下。

台大對面的新生南路，那時叫大學口，一排都是矮房子，三姑的西裝店叫「永安西服號」，殷實樸素穩扎穩打，兩層樓的舖子上頭搭了給學徒住的鐵皮閣樓。在那個年代，裁縫是個要三年四個月才出師的專門行業。兩個南部鄉下來的楞小子，住在閣樓上。每天得起個大早，幫頭家娘掃地打雜，一整天埋首布尺熨斗大剪刀，隨著收音機裡傳來鳳飛飛的《祝你幸福》，粗啞的嗓音跟著哼唱，日起有功耗過流水年華。

三姑丈是不愛講話的外省老芋仔，老夫少妻，娶到小他三十歲的三姑之後，一切家中大權交給三姑掌管。他就鎮日埋頭量身裁布，以他大陸老師傅的純熟手藝，一套一套裁縫西裝，襯衫和卡其大學服。三姑丈整天悶不吭聲，忙到打烊，頂多自己小酌高粱，偶爾走去雜貨店買包香煙，對家裡發生的事從不議論。三姑丈會帶我們去寶宮戲院看邵氏的武俠片，張徹楚原的他最愛，什麼《流星蝴蝶劍》《天涯明月刀》啦，一邊從西裝褲裡掏出零錢要我們自己去買零嘴冰水。

3

姊姊能留在台北讓我們好羨慕。跟新店屈尺破落的木屋，闃然的鄉間比起來，只有姊姊繼續留在原來的世界。我們仨被剝奪了一切，無父無母，只有年邁操勞的阿公阿嬤，日復一日，要我們挑柴生火，餵雞包球。我們仨在沒有變化的鄉間想念過去的一切。舊時王謝堂前燕，飛入尋常百姓家。我們如此羨慕能留在台北花花世界的姊姊。

所以，在少數阿嬤特准我們出去台北的時候，我們真的是瘋狂的玩夠本。整個大學口的小孩子一呼嘯二三十個，在巷子裡用塊碎磚畫了好大的藏寶圖形，分成兩國，捉鬼尋寶，吱吱怪叫。廝殺到精疲力竭還不夠，晚上又到黑貓貓的台大校園冒險。傅園和醉月湖旁邊的樹叢暗影都有一對一對不要臉的大學生在偷親嘴。小孩子眼尖手快，我們準備了水球看準了就砸，砸了之後沒命的跑好像一次也沒被捉著。

只是，我當時不太懂，為什麼姊姊好像越來越沉默，臉上罩著早熟的憂愁的神色，不太跟我們這群小孩玩在一起了。後來我國三那年一樣為了聯考，借住乾爸家的閣樓苦讀一年，有點懂了姊姊當時寄人籬下心理的隔閡。乾爸乾媽

我們那時候都很羨慕姊姊能留在台北，住在三姑姑家。不像我們，得回那麼鄉下的新店雙溪口，跟阿公阿嬤住很爛的木頭房子。這麼多年之後重新看到這張照片，三姑姑正在幫表弟陳大力過生日，貪吃的表妹陳姵君等不及要偷吃蛋糕。我的姊姊，在照片的邊邊角，臉上罩著早熟的憂愁的神色，含蓄地微笑。

其實對我蠻好，每天幫我準備有魚有肉比阿嬤家豐盛多了的便當。他們一直說要我吃得好，才能專心拼聯考。可是那一年除了吃飯下樓，吃完了我就快快上樓，幾乎分分秒秒呆在閣樓閉鎖的小世界。這不是自己的家，我一下樓原本自然歡笑的氣氛就會僵了一秒，乾爸全家開始客氣對我這個寄宿者噓寒問暖，問我習不習慣。

4

「昨夜，多少傷心的淚湧上心頭，只有星星知道我的心。今夜，多少失落的夢埋在心底，只有星星牽掛我的心。星星一眨眼，人間數十寒暑，轉眼像雲煙，像雲煙……」

新店的我們仨和台北的姊姊，不同的借宿者每天同時扭開電視螢光幕，八點鐘一定準時收看台視的《星星知我心》，隨著劇情的進展偷偷流眼淚。吳靜嫻演的苦命媽媽秋霞，和早熟壓抑的大姊石安妮秀秀，一集又一集地試著和冬

姊姊偶爾能從寄宿的三姑姑家，回到阿公阿嬤帶著我們的新店老屋，這是我們手足難得的團聚時光。

冬彎彎佩佩彬彬團聚，費盡千辛萬苦。我早就知道真實的人生也是一場沒有止境的通俗劇，蘊藏了多少待解的謎底。只是，我家的這場戲，並沒有圓滿的大結局。

父親和母親在去美國兩年後簽字離婚。在離婚十分不尋常的那個年代，所有的親戚盡量不讓我們知道這件事。在耳語與突然噤聲的緘默中，我們最後還是知道這個消息了，畢竟我們過早地學會察言觀色。我心裡稍微楞了一下，其實並沒有太難過。我有點偷偷高興媽媽終於脫離父親的鴨霸控制。父親一貫那麼盛氣凌人，對媽媽從無好臉色，我自然傾向同情母親。那也是我某種心理圖像的自然反應吧。

（我卻忘了，在他們年青時代，母親是如何對抗整個外婆家族的反對，愛上父親這個貧窮的少年暗房師傅的?!他們之間有多少的過去，或許纏綿悱惻，可能體諒扶持，昔日走過無言時刻，是我不可能知道的。）

我自以為正義的，徹底譴責父親，妖嬌外遇阿姨阿珍給善良的母親帶來的傷害，在我心中歷歷如繪。我的世界楚河漢界黑白分明，裁定爸爸和阿珍是偷情者，敗德者，在邪惡的誘惑下毀滅了我們家庭的完整。媽媽含辛茹苦，完美無瑕，值得整個世界的敬重。我當時並不知道，日後的感情路上，我輪流替換著不同的角色，和每個人都一樣。愛的棋戲中，有時我是背叛者爸爸，有時是辛苦的無辜者媽媽，更常是誘惑者阿珍阿姨。

5

隔了好些天，表妹對我耳語，姊姊知道爸媽離婚的那個晚上，蒙著棉被偷偷哭了一個晚上。睡同個房間上下舖的表妹，被姊姊壓抑的抽泣驚醒，一夜沒辦法睡著。我這時才真正開始難過起來，姊姊的悲傷情緒傳染給了我，我也好幾天不言不語。阿公阿嬤那些時日格外對我們小孩和緩，知道這窩幼獸再度領略人生的重擊。爸爸媽媽真的離了婚，意味著我們家真的無法重圓。可憐啊！這幾個小孩真正無父無母了。只有我知道自己在難過什麼，我其實一點也不在乎父親與母親離婚。

我難過的是知道我的姊姊內心深處原來那麼渴望家庭完整，即使她比我更早熟地察覺父母親的婚姻，是一件硬撐住的訂製服，上頭布滿嗶嗶嗦嗦的裂痕，隨時就要毀損。由過去的青春情愛、擁有的四個孩子、共同的打拼奮鬥、複雜的外遇齟齬，盤結交錯的嘆息與忍耐硬撐住的婚姻，內裡早已千瘡百孔，父親母親早已經走到臨界線。

而我更心疼的是，原來，我的姊姊繼承了母親的隱忍韌性，相信一切都可以撐過去的。太陽昇起，明天又是新的一天。我憤怒姊姊竟然跟媽媽一樣，即使面對鴨霸的父親，還是一直忍耐，認命的要自己相信事情總會好轉。一切都會不一樣了。

爸爸當年到了紐約之後，其實只待了幾個月就離開美東，自己飛到洛杉磯。他根本沒有心思要和媽媽重建破碎的家。爸爸把外遇阿姨阿珍接到洛杉磯同居，在好萊塢日落大道的華人攝影小舖修底片，供養他們兩人的愛情生活。阿珍阿姨不是吃得了苦的人，她很快就甩了爸爸，回高雄開鋼琴酒吧，尋找更好的新的出路。父親也跟著回到台灣，不顧票據法可能坐牢的威脅，緊隨阿珍，飛蛾撲火追尋愛。爸爸回到台灣之後，大言不慚說要到高雄拓展新市場，搜刮了阿嬤姑姑們剩餘的私房錢。他信誓旦旦跟大家保證，他這三年來在美國學得最時新的商業攝影術，一定能在南部東山再起，連本帶利把錢還清。爸爸並沒有追回阿珍阿姨，床頭金盡，父親臉色灰敗地回台北。

他從此一蹶不振，成了人生中徹底的失敗者。

6

有一次，我膩在三姑家玩，她整理舊衣物，突然發現一封父親在洛杉磯時期寄給她的一封長信。她看也不看一眼，刷地好用力把好幾頁信紙撕得粉碎。我無比困窘，畢竟是我的親爸爸，她的親哥哥啊。三姑根本沒注意到我的滿臉通紅，一面繼續整理東西，一面絮絮嘮叨，「只知道拖累老母兄弟姊妹。阿爸阿母都那麼老了⋯⋯」

爸爸剛從美國回來的那些年，常對著我們四個小孩數說媽媽的不是。爸爸詳細講著他如何忍辱負重幾乎跪下來求媽媽看在四個小孩的份上不要離婚。紐約律師樓裡，大阿姨帶熟識的美國律師前來逼爸爸簽字，「你們都不知道你們那個大阿姨有多壞！」爸爸不斷重複，媽媽如何狠心地一直堅持離婚。「我沒有想到妳們媽媽那麼絕情，連四個小孩都可以狠心不要，一定堅持要離婚。」

聽著聽著，我總是分神在想，父親是不是希望藉此博取一些我們對他額外的愛。我頭痛欲裂，如恍惚的精神分裂者，一字一字清楚看到那年媽媽寫信的字跡不再娟秀，斗大凌亂重複寫著，「你們要原諒媽媽，一定要原諒媽媽。是你們的爸爸強迫要我在離婚協議書上蓋章的。媽媽什麼都能忍，媽媽什麼都可以放棄，只要不離婚。媽媽跟你們爸爸說，有兩個家庭不要緊，你和阿珍過你們的生活我絕對不會打攪你們，只要為了小孩不離婚就好了。你爸爸不肯，你爸爸就是不肯。你爸爸說愛情的世界容不下一粒沙！」

我想，父親在我們生命中缺席了那麼多年之後，仍然從未看到這個破裂的家裡粉身碎骨的每個人心裡面對愛的無比渴望。我們每個人都孤獨，包括父親自己。在分離的世界，跳著單人舞。

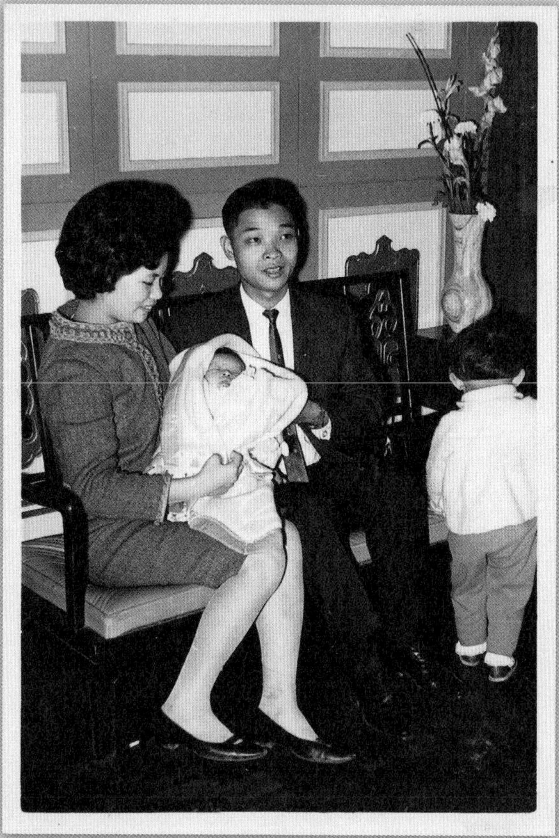

年青時的我的父親母親。

姊姊

姊姊過世之後，我身體裡有些部分好像隨著她的死亡永遠消失了。葬禮中依照習俗，長輩不得為早夭的逝者戴孝。我身戴重孝，捧著姊姊的牌位，依法事的進行呼喊她要過橋渡河了。姊姊過世後沒有多久，弟弟妹妹辦妥出國手續，終於可以移民到美國與媽媽團聚。臨行前夕，我們去跟姊姊道別。那一天，我牽著弟弟和妹妹的手過馬路，車子太多我們在人行道中間停駐很久。四個人已經少一個了，可是明天就只賸我一個人孤獨留在台灣了。只賸一個人了。我忽然察覺身體的某個部分消失不見，我試著用手去摸去感覺，卻發現手和腳早就脫離身體不在了。從來沒有過的消失感剎時讓我恐慌失神。我的手足俱斷，佇立在馬路中間不知所措。

回過神來，我把弟弟和妹妹的手握得更緊，在心裡發誓要代替死去的姊姊永遠照顧弟弟妹妹，平安長大，快樂幸福。我不斷不斷問自己，為什麼一起長大的四個人會少去一個。

我在很久之後，還是沒有辦法寫信給媽媽，告訴她姊姊過世當天的細節。

小時候我和姊姊擠挨蹲著，一起喝著一瓶可樂，一起望向遠方。那時，世界完滿無缺，我怎麼也想不到，自己會失去姊姊……

只要一拿起筆，眼淚不斷滴到信紙上把筆跡暈開。手拿藍色的筆我只能一直重複寫著姊姊的名字陳慧敏陳慧敏陳慧敏。好多年後我在美國找到當年拖了好久終於提筆寫完的那封信，紙上還是看得到淚痕暈開的痕跡。

在信上我告訴媽媽，那天我如同往常在電影圖書館看電影待到很晚才回家。門口看到紙條，我馬上趕到三姑姑家，在計程車上嚇到哭不出來，整個人嚇得獃住了。三姑丈看到我好憤怒的表情大聲說，阿敏死了啦！這麼多年後我當然可以瞭解一向不說話的三姑丈的悲憤從何而來，可我當時完全不能體會他的感受，只覺得自己委屈，這時我才哇的哭出聲。

我趕到慶生醫院一路一直唸著慶生慶生，慶祝重生，妄想有奇蹟出現。但當我緊握住姊姊冰冷的手，一直搓一直搓還是沒有可能轉暖起來，越來越冰涼，我突然想起來這一輩子我從來沒有握住姊姊的手那麼緊，那麼久。

嬸嬸有一次跟我說，她是親眼看到姊姊嚥下最後一口氣的。姊姊的胸口好像一口氣昇不上去，喉間發出咕嚕聲息，兩眼往上方望，就這樣最後一縷氣息從身體消失。嬸嬸和叔叔那天剛好在三姑家吃飯，趕到姊姊住的旅社小房間時，姊姊已經沒有意識。三姑姑好像很害怕的樣子，所以嬸嬸一路抱著姊姊，一直抱著，一直到姊姊嚥下最後一口氣。

妹妹偶爾會跟我偷偷抱怨媽媽冷酷無情，這二十年來，她從來沒有聽到過媽媽提起姊姊死亡的事。我心底納悶從小媽媽很明顯偏心疼姊姊，這麼多年來不說出失去長女的痛，媽媽是如何處理心裡的傷口？一直到今年媽媽車禍住院，在醫院照顧她時我無意中發現，媽媽大衣口袋掉出來她新的行事曆，第一頁第一行娟秀寫著，「陳慧敏，生於四月二十日，羅斯福路章婦產科。」然後才按順序是我們三個小孩的生日時辰，然後是孫子Jordan 和孫女Ellen 的。

媽媽在每年的行事曆的第一頁，一定記下姊姊的生日。民國五十四年四月二十日，她和父親齊心創業的歲月，那時一切光亮美好，夫妻一起迎接第一個孩子誕生，他們命名她叫陳慧敏。

在醫院的床頭櫃，我終於找到答案，我的母親是如何安放她對逝去的長女的思念。像《春光乍洩》天涯盡頭的瀑布，像《花樣年華》深藏秘密的樹洞，媽媽用她自己的方式處理創傷，深深埋葬於秘密的所在，只有她自己一個人知道的地方，再也沒有其他人可以掠奪。那是媽媽跟我們很不一樣的方式。

我交往過的一個極愛貓的男孩，告訴過我一個故事。他養的母貓生了三隻小貓，其中一隻小貓生病了。一開始，母貓每天急著繞著主人跑，時時刻刻要他去幫小貓餵藥。幾天之後，任憑他再怎麼努力，小貓還是沒能救活死了，男孩十分自責難過。他告訴我，他發現母貓完全不理死去小貓的屍體，只專心照顧活著的兩隻小貓，不像前幾日一直在主人身邊喵嗚喵嗚。他親手埋葬了小

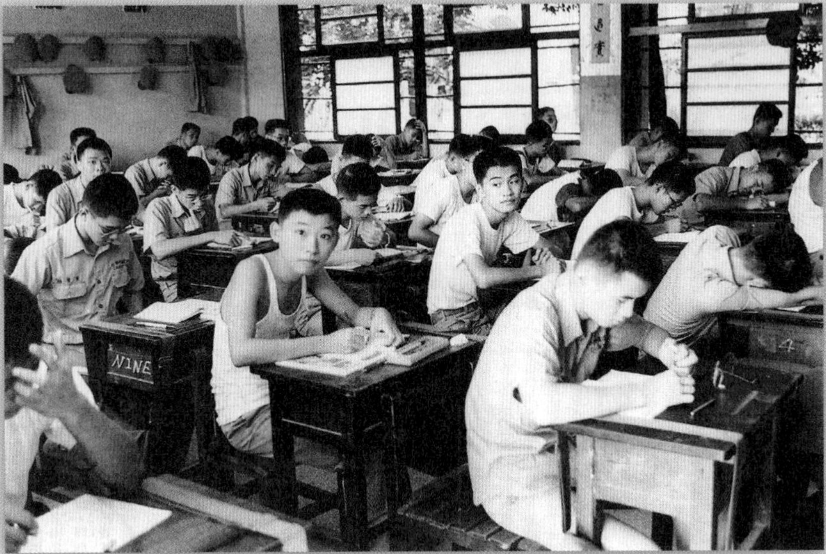

建中二年級時，我失去了姊姊。攝影：高重黎

貓，心情十分低落。

他要到很久之後才想透了這個道理，母貓只能照顧倖存活著的小貓，這是動物能夠生存下去的本能。很殘酷，但這就是動物世界的原則。

*

我很想告訴一直對媽媽有著心結的弟弟和妹妹，這個愛貓男孩告訴我的故事。

我十七歲讀建中二年級那年姊姊過世的。那一整年我大概把一輩子所有的眼淚都流光了，常常半夜痛哭驚醒。我從來沒有真正原諒過父親，我一直認定是爸爸嚴格霸道的管教把姊姊害死的。姊姊死去的那年，迷上迪斯可舞廳，和一群少女姊妹淘浪跡西門町，嗑藥跳舞，那是我沒趕上的迪斯可年代。

借住三姑家的姊姊高中聯考什麼學校也沒考上，隨便念了間商職，也搬回新店跟我們同住。重男輕女觀念很強的阿嬤，要姊姊下了課還去通用電子公司打工。每天坐末班車回來，總是我去站牌接她。姊姊因此比較願意讓我看見她慢慢變化的世界。她會秀給我看剪成鬚鬚的太妹書包，裡頭藏著她去各大舞廳騷包的法寶。她一路哼唱歌詞背不全的英文歌，floating from the sky, lovely angel queen is you……，一邊問我floating那個單字是什麼意思。

高職畢業之後，姊姊在西門町奇奇西餐廳穿好短的裙子當服務生，沒有顧忌地揮霍她的青春。我高中有次要和女校聯誼，臨時去找她惡補熱門的迪斯可舞步。她和要好的同事小迪，一起教我怎麼扭腰擺臀。小迪一直抱怨，「小敏啊，你這個弟弟這麼會讀書，怎麼跳起舞來這麼笨啊！」姊姊還帶我去新生北路一家開在地下室的餐廳叫做銀禧，要我幫她看她偷偷喜歡的圍事小弟長得帥不帥。底下煙霧瀰漫又暗的不得了，我根本看不清那個男孩的長相，卻發現桌上有槍，大概明白了這是幫派做生意的地盤。

後來，爸爸回台灣之後，姊姊不可能那麼自由了。本來和小迪一起租小套房的姊姊被強迫搬回家中同住。爸爸禁止姊姊跟她的狐群狗黨來往。爸爸會在姊姊刻意壓低聲量、快樂講電話時對她大吼，「妳少跟那些不三不四的太保太妹混，免得帶壞妳弟弟妹妹！」爸爸規定她天天煮飯做家事。姊姊沒有抗辯，沉默服從，只有兩件事仍然無論如何偷偷的做：在廁所偷抽煙和半夜溜出去林森北路戴安娜舞廳和朋友混。她小小的娛樂卻總是被嚴厲的父親發現。

（我多麼希望此生能有機會再看到當時錢只夠買黃色長壽的姊姊在陽光斜射的小小廁所中忙著撲打煙霧不被爸爸發現的那個逃過一劫的滿足笑容。）

去迪斯可舞廳是更大的罪惡。爸爸後來乾脆晚上就把門反鎖，讓姊姊沒法回家。姊姊幾次借了對面公寓管理員的樓梯，好危險的從窗戶爬進房間睡覺。父親發現後，大發雷霆到對門把管理員老先生罵得狗血淋頭，然後怒氣沖沖回家動手揍了姊姊一頓。大聲咆哮數說她怎麼那麼不要臉，怎麼教也教不聽，半夜還是偷跑出去到舞廳和流氓鬼混。

安靜認命的姊姊終於再度離家出走。

那一年的建中校慶，姊姊和小迪到我的教室拿媽媽寄來的生活費。園遊會喧鬧幼稚的各式攤位間，打扮亮眼的姊姊在男孩們的口哨聲中尋找我，我把美金交給姊姊，告訴她媽媽拿到綠卡的好消息。我跟姊姊說，她得搬回來住了，因為移民有很多手續要辦，要翻譯戶口名簿，要去台安醫院做健康檢查，要去台北市警局辦良民證。姊姊看著我並沒有回答。我說媽媽等我們團圓那麼多年，終於你們三個可以去美國了，只有我要等當完兵才能去。姊姊看著我，她沒有說什麼，拿走了媽媽寄來的美金和小迪一起走了。

那是我最後一次見到姊姊。

＊

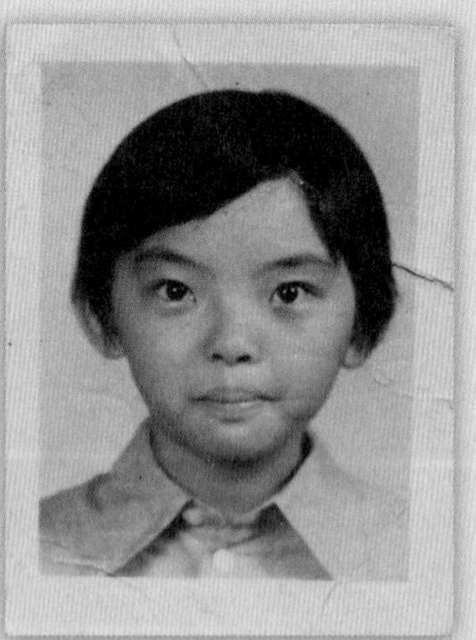

姊姊過世二十六年了。我花了二十六年的時間，寫完這篇文章。我用我的方式，懷念我的姊姊，懷念我們的童年，還有那些，我想，只有我跟她記得的童年的傷。

姊姊十九歲那年服用過量紅中白板意外致死，這麼多年來，夜深人靜，我總幻想姊姊的靈魂會出現，告訴我她生命的秘密。姊姊如果活著，今年已經四十五歲了。當年她最好的姊妹淘小迪，陪我們一起料理姊姊後事所有細節，我已經在心裡認定她是另一個姊姊了。我考上大學搬家後，小迪姊姊和我失去聯絡。

後來我才知道，二十年來，小迪試過各種方式找我，卻總也找不到。一直到二〇〇三年張國榮去世那天，小迪姊姊在深夜的方念華現場節目看到我，她立刻打到TVBS求工作人員給她我的電話號碼，「陳俊志是我弟弟，我找他找了二十年了。」小迪在電話裡哭著問我，「你有沒有忘記你姊姊？」我嚎啕大哭出聲，心底好委屈，小迪小迪，我從來沒有忘記過我姊姊啊。我好想她。

二〇〇四年春寒，陽明山公墓冷風襲人，我和爸爸，小迪一起上山看姊姊陳慧敏。小迪摸著姊姊十九歲的照片對她說話。「小敏，妳四十歲了耶，都還那麼漂亮，妳看我都老了，都有皺紋了，妳在這裡冷不冷，俊志有沒有來看妳？」

小迪姊姊下山後，來到我和小男朋友建立的溫暖的家。一路從舞廳小姐做到酒店媽媽桑的小迪姊姊，充滿憐愛地看著攝影機後她努力找了二十年的弟弟，不厭其詳地告訴我所有我想知道的秘密——她和我姊姊陳慧敏一起度過的嗑藥跳舞的少女時代。

小迪好有義氣找到一卷錄音帶給我，沒有完全脫磁我好激動居然還聽得到當年她和姊姊的聲音模糊地鬼吼亂唱。那是迪斯可年代，舞場響起旖旎的春光，我們扭啊搖啊擺啊，我們忘掉煩惱，忘掉父親，忘掉創傷。我們是健康的，我們是美麗的，我們不再脆弱。

*

姊姊的死亡，是我告別父親的開始。如果陽剛如日，陰柔似月——父親形象（father figure）從此在我心中如太陽墜地，我生命中月亮堅定的力量冉冉昇起。我對抗太陽，選擇父親不認同的岐路走去，從不回頭。

這麼多年來，我凝視的眼光總是朝向姊姊。
的確，也許從來自另一個方向的目光，姊姊也頻頻回首，看顧這麼多年來，我們過得好不好？
攝影：陳大力

遺照

十三年以後，我從父親未老先衰的身體上發現了魚類的某些特徵。

——蘇童，《河岸》

他和父親的戰鬥，以一種沒有語言的方式，用父子關係最扭曲的代價，持續了數十年，堅持而決裂，即使到他開始一個字一個字用盡力氣學習書寫，開始曲折委婉地拍下自己家裡的月之暗面。長途跋涉，他一次又一次下了結論，終究和父親此生無緣，總是無法忘記心底的痛。一直到父親七十三歲的這年過年，姑姑們好意陪他回新店老家，讓他避開這些年與父親的尷尬。

（就在十年前，一樣是清冷的過年返家，父親咆哮著要跟他斷絕父子關係，如瘋狂的獸嗥叫，咬牙切齒地說他的同性戀丟盡全家的臉，要他在陳氏祖先牌位前下跪。他冷笑奪門而出，永遠離開新店的祖屋，心底向童年養育他的阿公阿嬤道別，在接下來的每年過年，如幽靈飄盪，在空蕩的祖屋失魂輾轉，苦苦思索父親帶給他與這個家的痛苦。）

回到鄉下老家，他看到父親桌上準備了兩盤潔白的客家麻糬，一盤蘸花生粉，一盤蘸鹹肉醬。他看父親這麼迷戀客家東西，明白他越老越走回他自己的童年。二姑像以前的阿嬤一樣，明明知道自己糖尿病那麼嚴重，一大口就蘸了花生粉吃麻糬，他叫她不要吃甜的，她就說吃一點沒關係啦。

他和二姑、三姑、爸爸和小叔叔，各自捻了兩枝香，先拜神明，接著拜陳氏祖先牌位。他和三姑站得最近，聽到她唸唸有詞祈願小弟二姊大哥俊志身體健康賺大錢，完全沒提到她自己的家人。他整個心揪動，忽然明白原來一直像母親一樣看顧他的三姑和二姑，一輩子一心都向娘家。

二姑一捻完香，立刻坐倒在沙發上哀哀哭泣，跟阿爸阿母哭訴，說她皮蛇手痛到都要爬到墳墓去了，她還是一心想要回祖屋拜看阿爸阿母，可現在的孩子卻完全不知孝順。他看著七十歲的二姑，渾身病痛淚眼婆娑正叨叨唸著她自己疏離的女兒，和完全不愛回新店鄉間看望老父的自己。

（我的家族史上一代已經漸漸杳入雲煙，阿姑們也將宿主於陳家列祖列宗牌位，成為庇佑我們的陳氏神靈。這麼多年的鬥爭過去，從父親叫我在祖宗牌位前跪下那天，到二姑三姑護衛我跟新店老家鄰居嗆聲，「你們沒知識也要懂得看電視，現在同性戀很正常，現在同性戀很多正時髦！」祖先的魂靈慢慢看著父輩的固執，看著母輩的寬容，看著一個家庭年青興起的氣力，與走向衰落的寧靜的暮年期。）

然後爸爸叫我進房間，「俊志進來，我有事跟你講。」我跟著爸爸進去，不知道他要跟我講什麼。爸爸指著他臥房牆上的照片跟我說，他照片已經準備好了，到時候就用這張照片。還有牆上那張郎靜山的照片是真跡，應該可以賣一些錢。然後他還欠林阿姨七、八十萬，他也沒錢還，等他走了之後這個房子就留給林阿姨。

我楞了一下，沒想到爸爸會這樣跟我交代後事。我吶吶的問他，照片哪裡拍的？天母。「是爸爸帶我去過那個天母開照相館的朋友那邊喔？」「嗯。」我記得父親那個老朋友，他的相館在中山北路尾端，還不到美國學校那邊的茉莉漢堡店。父親朋友開的老相館櫥窗擺滿了舊款式的照相器材，窄仄的櫃台進去就是簡陋的專拍人像的攝影棚。應該和父親一樣，是台灣柯達的第一代暗房師傅，是爸爸從青年時代就熟識的老友。

我問父親他自己一個人去拍的嗎？他說是啊。我想著爸爸自己一個人決定去拍下遺照的心情。我難受到講不出話來，只一直想著，我快要沒有父親了，爸爸就要走了，我就要是一個無父之人。

我到院子跟叔叔說，我爸爸臉怎麼都是黑的了？以前都不會這樣。叔叔說臉黑就是不好了，就是器官都不好了。

午餐過後，爸爸阿姑他們上桌打麻將，我到爸爸房間睡覺。聽著老人們搓麻將的聲音，渺渺茫茫細聲閒聊往事。我躺在爸爸的床上，牆上掛著父親自己準備好的遺照，我想著爸爸這幾個月來忍著身體痛楚自己躺在這個床上睡覺的心情，我似乎能看到父親自己去拍遺照那天寂寞的身影。

（和父親的拔河走到了終點，死亡帶來了不用解釋的和解。死亡崇高於一切。在死亡的面前，所有其他渺小無力。死亡頓時籠罩了意識的制高點，失去父親的恐懼遠甚於一路以來義正言辭追討的憤怒。原來到了最後的時刻，所有人都一樣，再怎麼嘴硬都一樣，不認不認還須認，我們只能剩下那麼脆弱的不捨，柔軟的一觸即碎，像一片白茫茫的雪地，忽地遮掩我的眼，浸透我全身，我終於沉沉睡去。

父親為自己準備好的遺照。

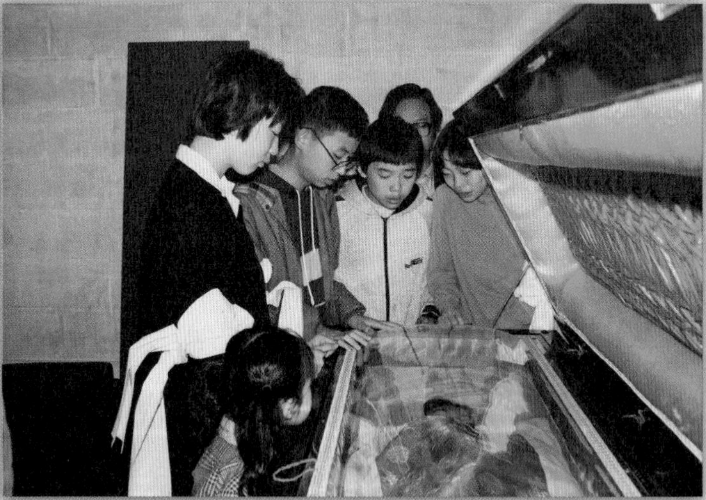

那麼多年前，我的父親親手為自己逝去的長女，和活著的我們，拍下這張照片。

在睡夢中，我一路走到日後父親的葬禮，我看到自己正在為父親唸誦祭禱文——我一字字寫下，是父親創造了這個起初豐美的家，給予我們生命，卻也是父親讓你我成為無家之人。）

死亡饒恕了我們，帶來了慈悲。我想到三十歲的父親，事業成功，達到了一生的頂端，撐起了一整個家族。我想到敦化南路家屋二樓逆光的廁所馬桶，童年的我無意中見到父親的陽具。在逆光中，在微粒飄浮的空氣塵埃中，在偶然閃現的記憶中，那模糊不清的陽具是賜予我生命的源頭。

每個家有重新團圓的時刻，但我們家卻從來沒有一天能夠重逢。每個人都碎掉了，壞掉了，心裡對彼此有恨有虧欠有叫罵有說不出口的恨深極了的愛。但都是獨幕劇，都是懊悔，都是深夜的獨白，都是綴滿時間縫隙洞口有光隔著時空費盡氣力的吶喊。

從知道父親自己去拍遺照的那天之後，他開始整理一張一張的老照片，如瘋癲的痴人。他終於拿起了一直封存在紙袋裡，他從來不忍心重看的姊姊葬禮的照片。父親當年在整個葬禮過程中，自己拿著相機，一張一張仔細拍下女兒逝去的身影。他當時心裡想父親真是冷血，把姊姊害死了，還能撐著整場在告別式仔細拍照。

一張照片從紙袋掉落，他看到那年的自己和幼小的弟妹站在姊姊的棺木前頭，看著就要火化的姊姊最後一眼。他從來不記得這張照片的存在，此刻，他終於看到二十年前尚未衰老的父親，在逝去的長女棺木的另一頭，按下快門，拍下他還活著的三個兒女。

寫作的這幾年，我的過去躺在那邊，靜靜和我相望，我花了那麼多時間，終於學會和她朝夕相處。他的身影一會兒鑽進又忽地竄逃出去，我總要費盡心思捕捉，閉目凝神，進到另一個國度——神的世界。

我明明白白看見，過去躺在那邊，多少恨多少愛，寧靜成輕煙，飄然而至，倏忽離去。原來，她和他從來不曾離棄我們，一步都不肯離去，深情又殘忍，像撲殺獵物的豹。眼看眼淚就要落下，那一瞬間，我惘然閉上眼睛，輕輕放下。再見再見，珍重再見。

電影院裡的少年

告別父親和家庭創傷，我竭力創造自己人生的可能性。我詮釋我的記憶，不再被輕易掠奪。細心剪裁的各式記憶，被這個孤單在電影院裡長大的少年，一片片珍藏在書頁之間。不時游蕩，流進我的攝影機裡。

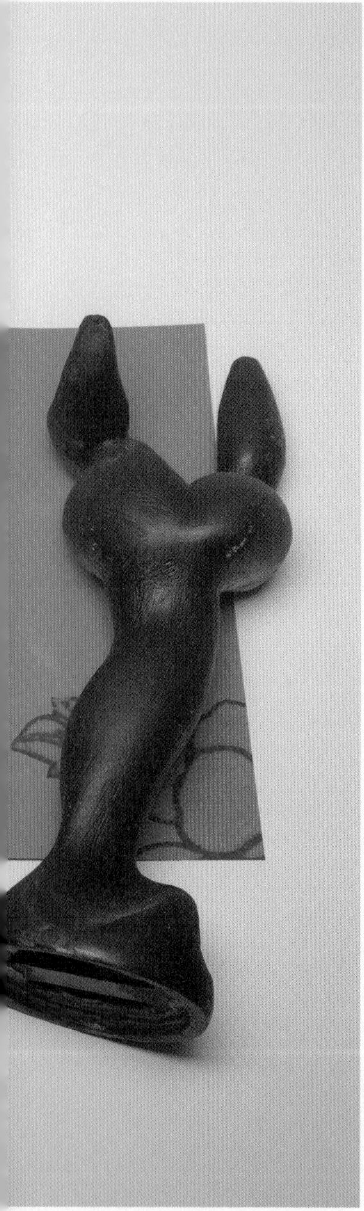

我高中總是蹺課看電影，看迷了，大學就開始跟片，最後變成一個製造影像的癡人。從小學起，我就一直沒有和媽媽在一起生活的機會。電影就是我的媽媽，電影代替了媽媽教我怎麼長大。我在不同的電影裡，看到了自己，找到了認同。

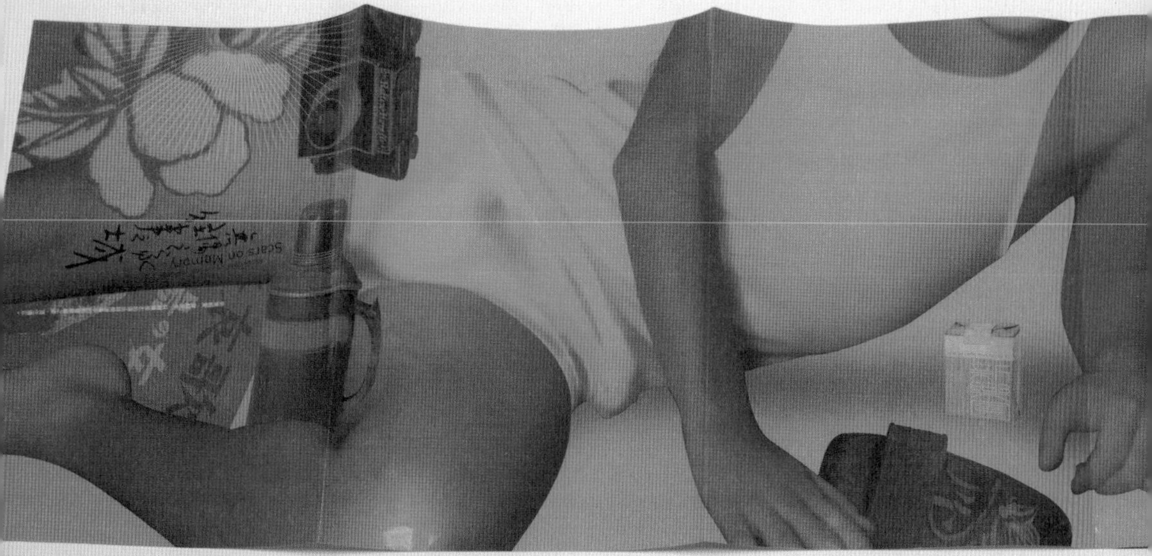
Scars on Memory

記憶餘燼裡的玫瑰男孩

如果沒有陳百強，我也許考不上建中。我常常這樣想。

民國七十一年，《婦女新知》創刊，李師科搶土銀，台視《我愛紅娘》第一次播出。我吊車尾考上建中，在蟬鳴的夏天呆呆地走向紅樓，找不到在哪裡註冊，買制服。男孩學長如夢幻泡影出現，又高又帥又憂鬱，我再也不覺得建中制服土氣了。我偷瞄他緊繃長褲裡發育成熟的軀體，完全聽不懂他講解的註冊流程。

我衷心感謝上帝，還好我沒掉到師大附中。

建中，附中和成功，可是我們國中苦讀三年唯一的人生目標。彼時流氓學校唯二好班，導師蕭芬蘭，黎梅貞日夜嚴厲陪讀，犧牲女子好時光，指望感召這群無知少年。我們班上當時有三個gay，姊妹情深不離不棄，一起到夜市買灑滿芝麻粒的飽滿水煎包，傻呼呼回學校繼續夜讀。性意識從未覺醒。

一直到景美夜市裡那些二輪戲院掛滿了肉體橫陳的女王蜂電影看板。陸小芬楊惠姍陸一嬋在這些女性復仇電影裡一定會被強暴，觀眾摒息等著這一刻。

我發現自己毫不在意陸小芬楊惠姍陸一嬋的裸露尺度，卻目不轉睛注意著，從來稍縱即逝沒有名字面目的男人強壯的身體。新店客運駛過灰撲撲的景美橋，暮色罩下，我哀傷望著橋下健身院光亮晃動著，一個個穿著短褲舉著啞鈴的胴體。陸橋的弧度正好切去男子的頭臉。寒冷的冬夜就要來臨。

民國七十年代正在成長的同性戀少年看不見希望。我愈發埋首用功，週會上台領獎狀，心底好厭惡身邊的人自動把你和好班女生配對。聯考愈近，壓力的臨界點快將人逼瘋，我當然早就戒掉看電影的嗜癮。一直到考前兩天，乖乖少年的我再也忍不住管他娘咧，衝出房門往戲院奔去。

那一天黑暗裡我第一次我看見陳百強。民國七十一年他主演的香港電影《喝采》。Daniel 陳百強是主角，Leslie 張國榮是潑辣配角。那一年我十五歲，他們兩最多二十出頭。電影情節非常少年純真，陳百強是熱愛音樂的乖男孩，張國榮是瞧不起他的反派男孩。陳百強終於創作《喝采》金曲，勇奪香港歌唱比賽冠軍。

今日想來那麼幼稚的劇情，對當年的我卻比喝下十瓶蠻牛還猛，兩天後果然考上建中。內心深處其實明白，震動我的是，晶亮銀幕上陳百強的臉一出現，我就知道，他和我一樣，我們是一樣的人。電影裡的他在中產階級的家非常寂寞的成長，那麼青春脆弱的身體面容，背負著冰霜融化不了的瘖暗刻痕。

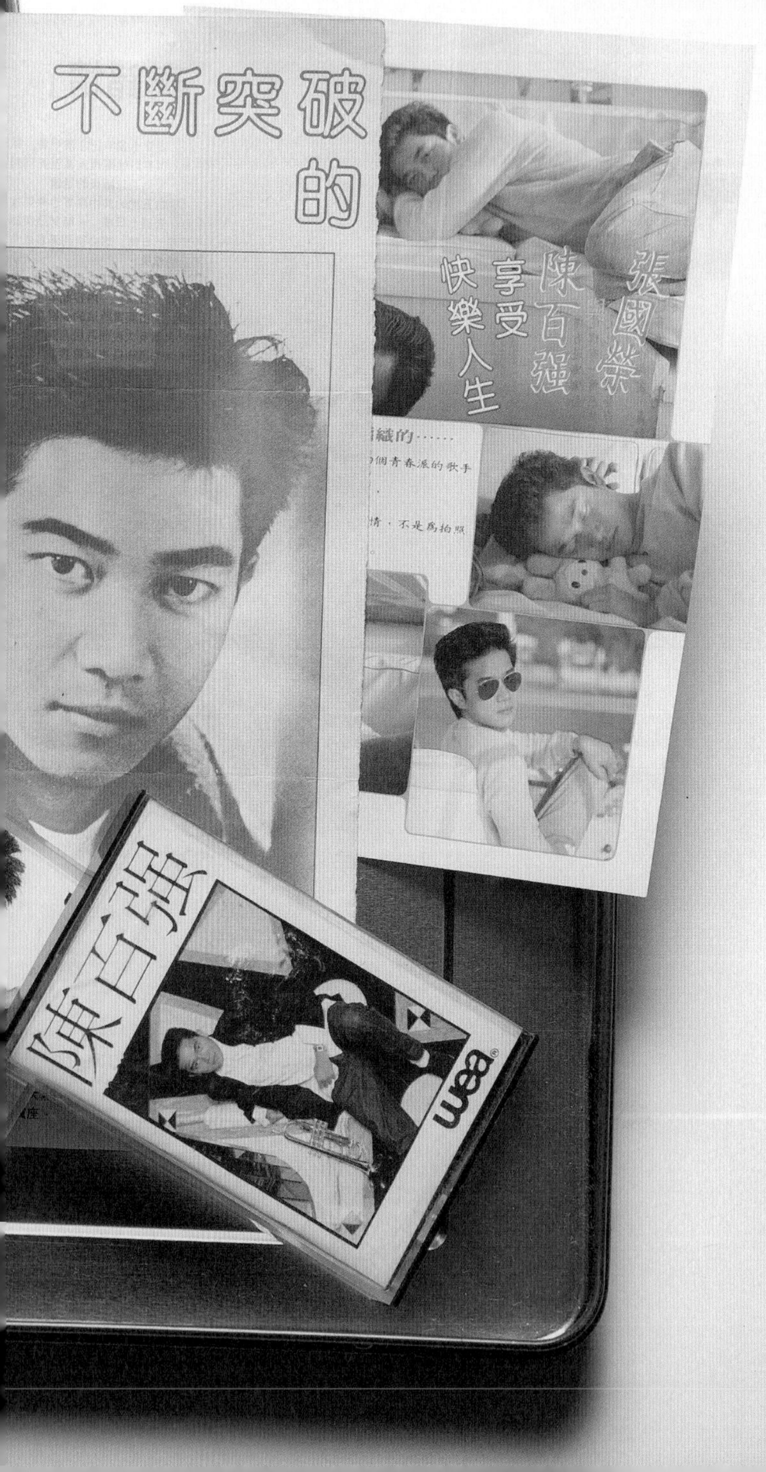
不斷突破的
張國榮
陳百強
享受
快樂人生
陳百強
wea

本地篇
一位不斷尋求創新、突破的青春派歌手陳百強，論歌齡及經驗實不青春。而Danny一向予人的感覺與形象是乾淨，清潔及踏着時代步伐的年青小伙子。
眼淚爲你流
初出道的首張大碟First Love，其中的「眼淚爲你流」令Danny聲名大噪，且在那刻下的本地樂壇，論青春、論清新，再難找到別個可作相比，陳百強的走紅亦可算是時勢造英雄。Danny的乾淨、清新形象更爲衆所受落及愛戴，而「眼淚爲你流」更獲得全面性的勝利（成功），街頭巷尾不停地播送此曲，使其不但成爲流行榜首歌曲，且更獲得七九年度「十大金曲」之一。
喝采
ASIA
ASIA CASSETTE RECORDING TAPE
亞洲卡式原聲帶
AHT-11
信譽保證・原音重現
失業生主題曲
有了妳
太陽花
陳百強
有限公司
port Co. Ltd.
MADE IN SINGAPORE
傾訴
陳百強

我開始瘋狂蒐集《姊妹》畫報裡的陳百強。你絕對可以相信，gay 迷戀偶像的恆心毅力驚人。純潔男孩陳百強拖曳炫目的春光，躋身諸神莊嚴的殿堂。陳百強和張國榮同期出道，兩個人競爭激烈，三番兩次在《姐妹》雜誌上雙姝爭豔。我一面收集陳百強的剪報，一面偷偷恨張國榮。

一直到張國榮出演連瑪丹娜都眼紅的「我就是程蝶衣」。三十歲的我在大風雪的紐約看著《霸王別姬》裡成熟風韻的張國榮，再也不恨他了。心裡百轉千折，惆悵地想起，我的陳百強死去大概也有十年了吧？陳百強死於愛滋病開始肆虐全球男同志的八〇年代後，他長期昏迷不醒後離開人間。當年對愛滋病知識貧乏的我，潛意識裡自然為他奏起哀傷的同志輓歌，心裡安慰自己，作為一個同志，死於愛滋，也終究徹底實踐同性戀旅程。

只是，對愛滋越瞭解，越知道陳百強的死因成謎。他長期昏迷彌留，並沒有愛滋感染者常見的肺囊蟲肺炎，以及種種免疫系統失能的併發症。我一直思索著陳百強的死，彷彿某種神秘儀式必須完成，那是重返少年時代的指路青鳥。

相對地，昔日偶像勁敵張國榮，愈來愈紮實地面對同性戀身份，演唱會上千嬌百媚，一下子長髮蠱惑，一下子女裝豔行，性別越界的雜耍操演到十足十，蘋果日報東方日報天天頭條，最頑固的陽剛男人也一片叫好。張國榮在光亮的舞台上柔情似水地呼喚唐先生唐先生。這一對同志璧人羨煞多少世間凡人。誰知再過十年，張國榮選擇跳樓自殺，唐鶴德列名「摯愛」，留下一代癡情傳奇。

來不及啊來不及，我的陳百強等不及性別解放的新時代。後來輾轉聽聞，知道他可能是服食藥物失控致死。又是一個嗑藥倒下的年青生命。假如這是真的，一個壓抑年代不快樂 gay 男孩這樣結束了生命，我寧願陳百強永遠停格在《喝采》片尾，九龍過海隧道裡黃金似的陽光灑滿了他的臉龐，玫瑰般幸福的歌聲終於慢慢響起。如果他可以不用面對真實的人生。

我闔上我的泛黃剪貼簿，細心把陳百強和張國榮的各式老照片收進巧克力鐵盒子。回憶總是傷人，尤其是一個青春不復返轟隆轟隆走去的年代。

日向洋之

在日本風甜蜜乾淨的節目單上，我一眼就看到了封底那個頎長裸體的男孩。扮裝魅異的妖姬大姊姊吞噬般大剌剌跨坐在他那麼青春稚嫩彷彿就要失去的裸體上。

後來，他一蹦一跳地竄到我的面前，無邪甜美央求我拍他。「是裸體嗎？」我開玩笑逗他。他認真極了用典型日本少年的靦腆英文，安靜地敘述起他一則又一則的生命故事。

東京表參道Spiral戲院《不只是喜宴》映後人潮散去，連天窗投射的月光都漸漸淡去，只剩我和美麗少年在潔白銀幕上被拉得好長的人影。

他叫日向洋之。

日向洋之在札幌長大，寂寞的童年永遠扭開黯黑房間晶亮的電視螢幕。一年難得和長他四歲唯一的異性戀哥哥講上幾句話，努力幻想遠離札幌學校裡喊他queer，queer的家鄉同學。在半夜不小心扭開的ＮＨＫ頻道，他看到了香港電影，忽然之間不快樂的生命彷彿重生，他有了活下去的慾望。

日向洋之在他窄仄不容迴身的典型東京小公寓裡好興奮地在鏡頭前向我炫耀，他花了好大心思在新宿香港電影專門商店搜集齊全的張國榮、梁朝偉、金城武和張震。「我好小的時候第一次在香港電影裡看到Leslie時，我整個人都呆住了，他這麼美，這麼queer，我向自己發誓，我長大以後要變—成—他！」

日向洋之的慾望除了要變成張國榮之外，大學畢業以後他要立刻報考國泰航空的空少，他要變成《重慶森林》片尾提著空姐皮箱追逐加利孚尼亞之夢的王菲。

在微雨的上智大學校區，我的攝影機紀錄著同志少年日向洋之在古典悠靜的教室苦讀俄羅斯語，教室裡其他青春苦悶的異性戀少年們撐著眼皮聽著老教授咿押咿嗚，終於不支紛紛睡去。

傍晚仍雨。攝影機跟隨日向洋之在中野街道人潮中趕赴高樓中的朝日齒科，那是他每日打工的地方。在鏡頭前換上雪白的制服，一絲不苟地大力刷洗清掃。我心疼極了他的「吾少也賤，故多能鄙事」，問他怎麼不找輕鬆一點的工作。

「我沒辦法在麥當勞打工，我沒辦法一直有禮貌；二十四小時持續微笑。在這裡，至少我不用笑。」日向洋之看著鏡頭，水龍頭嘩然的流水煙霧裊然。

下工了，雨點無聲落在黑夜墨綠色的街道。便利商店前螢亮的光籠罩著正要回公寓的我們。日向洋之忽然那麼燦爛的笑起來，大叫著我的名字。

「Mickey，Mickey，我現在終於可以當 queer 了。」

「Mickey你知道嗎，每天上學和打工的時候我好像就是在認命地打卡，必須努力假裝當 heterosexual。」

「現在回家了，我自由了，我可以當queer了。」

「我是q──u──e──e──r！」

日向洋之青春的叫喊慢慢流溢進我慾望的觀景窗，慢慢充滿在深夜墨綠的街道。

流浪楚浮少年路

我追逐漂亮的男孩，迷戀青春，一向惡名昭彰極了。一天深夜，我來到植物園荷花池畔一個古老的廣播電台，時光好像凝結住了，整棟樓房除了昏睡的警衛，只剩我和主持人，一個娃娃臉的漂亮少年，耳語一般預錄著談論電影的單元。

「這小鬼是不是gay呢？」「我們應該一邊錄一邊喝啤酒的……」我心不在焉地動著壞腦筋，幻想著哪一天怎麼把他騙上床。

「陳導演，那你當年是怎麼愛上電影的？」漂亮男孩眨著大眼睛，一點都沒察覺我邪惡的心思。傻小子，在像你一樣青春的年紀，我們沒有很多娛樂，我整天泡在青島東路的電影資料館，不知不覺長成電影少年。就像楚浮《四百擊》裡偷戲院海報的情節，我也為了愛電影幹過瘋狂的事。你聽過楚浮嗎？

我最早看的楚浮電影是《日以作夜》，反而不是赫赫有名的《四百擊》。《日以作夜》裡頭，可愛的場記抓狂的導演，拍電影的人發生的事那麼有趣，原來拍戲現場像失控的馬戲團，像生活在一鍋沸騰的熱湯中。瞪著光亮的銀幕，我偷偷羨慕著。

一九八八年一整個夏天，我開始跟著師傅陳坤厚學拍電影。那時，我們把內灣戲院租下來改裝成春秋茶室，裡面有好多小隔間鶯鶯燕燕，還有兩個大明星張艾嘉和梁家輝。夏天夜裡蚊子多，拍片現場打燈亮晃晃溫度極高，穿著睡衣的茶室女郎們都是臨時演員，擠蹭在走廊無聊就開始嗑瓜子。喀旮喀旮好誇張一路踩著木屐，張艾嘉來了。不行重來，開麥拉，喀旮喀旮再來一次。

那年夏天第一次過拍片人的馬戲團生活，偶然總有流離失所的錯覺。譬如拍特早班的外景戲，霧重惡寒，一群人遊魂一樣，瞌睡擠上遊覽車，顛簸著突然就有淒迷的歌聲漂來，傀儡懸絲一般揪著心。原來沒有人逃得開，大家都是流浪藝人。每個人無家可歸，迷路在霧中。

「後來呢？」娃娃臉少年聽不明白我老成的哀傷，挑起眉毛，流露出像《四百擊》裡男孩安端頑劣挑釁的眼神。讓我慢慢告訴你。後來，楚浮死了。我師傅陳坤厚也老了，常常請我吃飯，怕我拍紀錄片餓肚子。《四百擊》裡演安端的尚皮耶・李奧變成怪老頭，突然出現在蔡明亮的《你那邊幾點》裡。

再後來呢，廣播男孩也不見了。我認識了其他漂亮的男孩，成功地一一和他們上床。然後在一個平凡的星期天，手牽手，很觀光客很庸俗地到內灣度週末。擠滿攤販窄仄的街道誰曉得天空飄起雨來，我們得找地方躲雨。啊一聲我

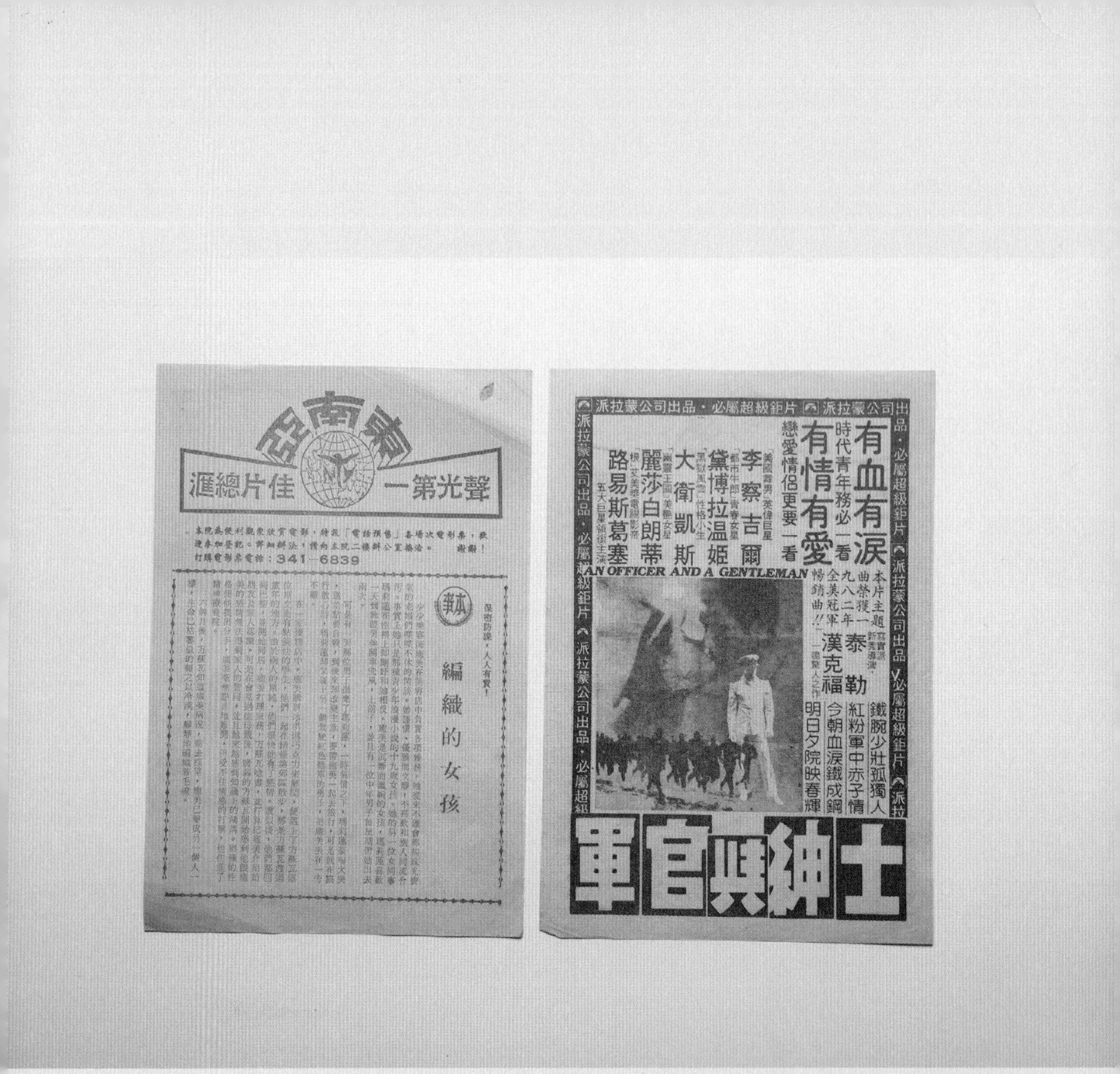

以前的電影院入口處會放置一疊本事，任觀眾取閱，在等待電影開演唱國歌罰站前，可以先讀本事，預知劇情。那時的東南亞戲院是二輪戲院，票價便宜，所以我蒐集了一堆東南亞戲院的本事。小時候進發叔叔帶我去東南亞看的第一部電影我記得是《賓漢》，大銀幕大場面把我震撼死了。後來去紐約念電影，趕上「新酷兒電影」(New Queer Cinema)的浪潮，讀了Vito Russo的經典論述Celluloid Closet，才知道《賓漢》洋溢濃濃的男色意涵，在同志電影史上有著開山祖師爺的地位。老娘輸人不輸陣，原來在東南亞戲院早已躬逢盛會。

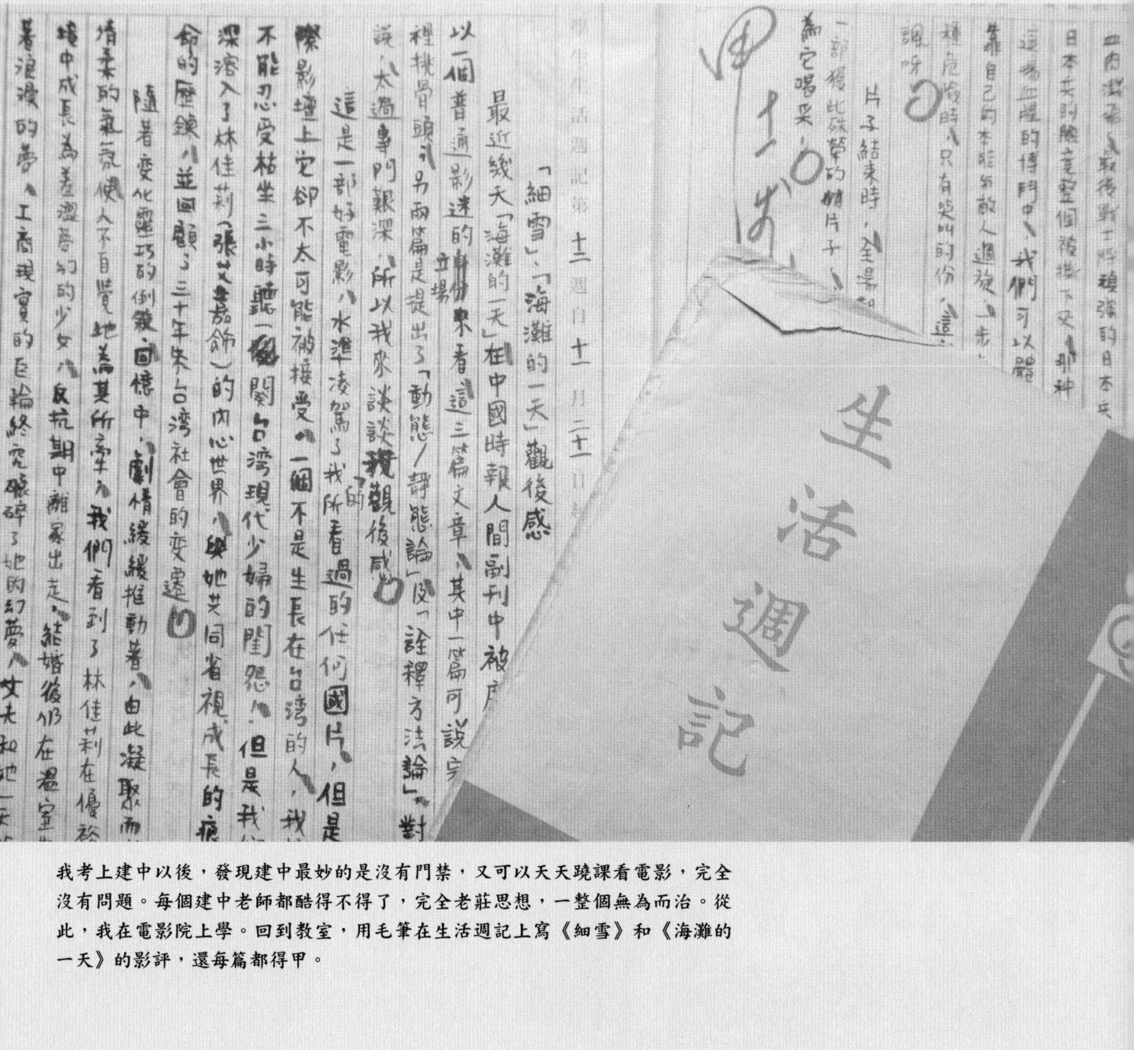

我考上建中以後，發現建中最妙的是沒有門禁，又可以天天蹺課看電影，完全沒有問題。每個建中老師都酷得不得了，完全老莊思想，一整個無為而治。從此，我在電影院上學。回到教室，用毛筆在生活週記上寫《細雪》和《海灘的一天》的影評，還每篇都得甲。

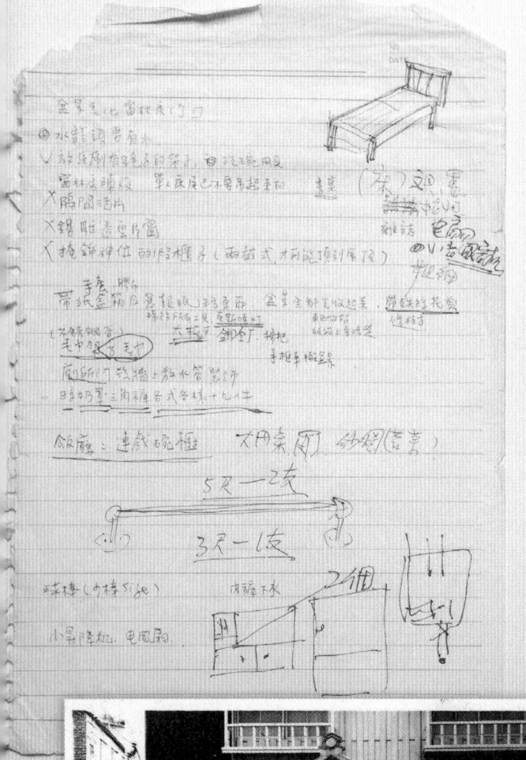

民國七十七年，升大四那年的夏天，我跟著陳坤厚導演，許淑真副導演學拍電影。我們把內灣戲院改裝成春秋茶室，我的這張筆記還密密麻麻寫滿了連戲的大小道具。二十多年過去了，我和陳導演，許副導，一直有著師徒一樣的感情。他們老了，好喜歡到我家串門子，笑著看我換過一個又一個漂亮的小男朋友。

叫出來這是內灣戲院，我哇啦啦大喊我要打電話給我師傅，叫他把我的青春還給我。我像酒醉的人一樣多話，洶湧著複雜的感情。我想起《四百擊》裡寂寞的片段，男孩安端在深夜被遞送押往感化院。還沒有老去的尚皮耶・李奧坐上警車，隔著鐵絲網，憂傷地看著蜿蜒而去，不曉得哪天可以再回去的華美的，璀璨的巴黎。

《海灘的一天》裡張艾嘉的啟蒙旅程，好像教會了少年的我如何長大。後來我跟著師傅陳坤厚導演拍《春秋茶室》，女主角剛好是張艾嘉。長大的我還是忍不住像楚浮在《四百擊》裡偷劇照一樣，拼命偷走張艾嘉在《海灘的一天》的每一張劇照。

除了這些不登大雅之堂的電影經驗之外，當年讀建中的我，也曾經努力要當一個高尚的淑女。費盡千辛萬苦影印了絕版的《劇場》雜誌。結果第一本高達專輯就把我嚇壞了，我不得不承認，《姐妹》真的比較好看。總之，從小我就像歐巴桑在菜市場尋寶，在美麗華、福和、東南亞戲院看任何便宜的、看得懂的電影，然後記得一輩子。

〈回應與挑戰〉山石

吐幾根帶刺的骨頭

——「海灘的一天」觀後

我把偷來的劇照，副刊的影評，全黏貼在一本好大的剪貼簿上。我看了八次的《海灘的一天》，永遠令我難忘的最後一個鏡頭是，胡因夢看著張艾嘉漸漸走遠的背影，心裡獨白著，「她終於長成一個完美的女人了。」這句話迴盪在我的心裡，比什麼都深刻地變成我的成長指南。

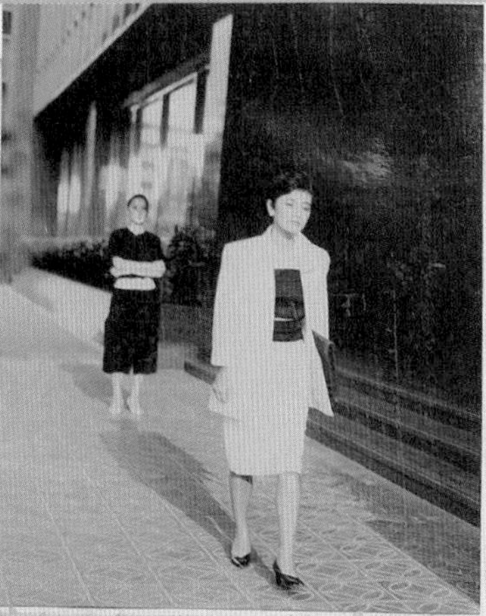

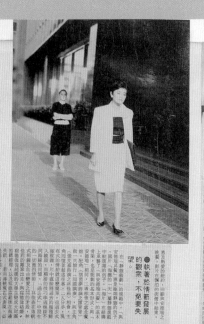

〈回應與挑戰〉

動態的 靜態的

話「海灘的一天」

盧子軒

●執著於情節發展的觀眾，不免要失望。

●靜態戲的復出

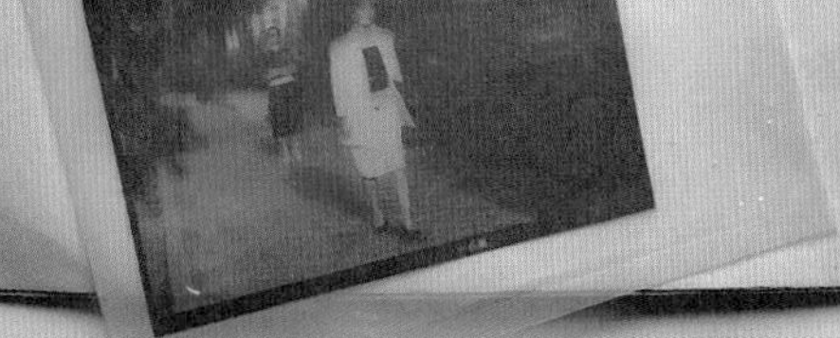

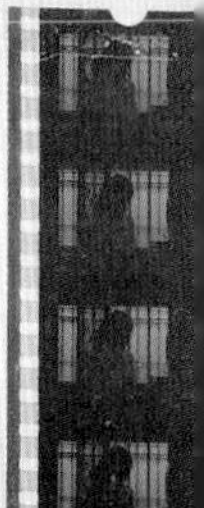

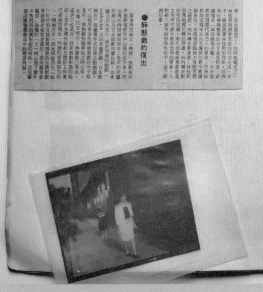

和關錦鵬交換日記

在真善美戲院看《藍宇》試片的，秋天的中午外頭陽光美好，我在舒服的戲院黑暗中看著片尾的畫面，主題曲〈你怎麼捨得我難過〉深情唱著，建設中蛻變的北京飛快遠颺，電光火石地追著陳捍東和藍宇的愛情。我攤在椅子上一動也不能動，幻想著一個我錯過的本地經典場面。影劇版寫著，關錦鵬導演帶著《藍宇》版的主題曲MV到同志聖地Funky播放。Funky在午夜的恰恰舞曲響起之前，總是有那麼多俊美的男同志，哀傷嘶嚎唱著無盡的戀歌，如善歌的女妖。這些相戀的男人們，擠著湊著安靜著，也許浸淫在《藍宇》的畫面裡，也許跟著黃品源的歌聲一起唱，終究默默緊握著lover的手，想著自己的故事。

我繼續坐在黑暗的戲院中，好惋惜我的男朋友小武去大學上課，沒能看到《藍宇》。我好想和他一起看喔，兩個人在一起，在飛逝的北京畫面中慢慢告訴他我的台北故事。

*

一九八九年，我大學四年級，我愛上了阿明。我們好平凡地在常德街認識，好尋常地上床，友善地留下彼此的電話。阿明當時在餐廳打工，我在搞我的畢業公演，想去美國學電影。生活單純得不得了，整天和女研社的柏蘭芝、孫瑞穗廝混，覺得學運啦，社會運動啦，是異性戀男人的事，離我非常遙遠。

藍宇顯然是在一九八九年之前，不知所以地愛上北京玩家陳捍東的。網路小說裡二十七歲的陳捍東這樣看著十七歲的底迪藍宇，「明亮的眼睛里充滿了憂鬱，不安，和懷疑。他沒笑，沒有絲毫那種我常見的討好的微笑」「他的身體是一個沒完全發育好的少年的樣子」。

我真正愛上阿明，是在常德街邂逅後的數日後，他約我到屏東旅行。阿明那年二十七歲，年輕體健，我尤其愛他漂亮的陰莖。純真的旅行後來變成一天接著一天熾熱的旅店性愛。南台灣天氣晴朗，像極了陳坤厚導演的《小爸爸的天空》，電影裡青春的楊潔玫和李志奇純潔地愛著。我往往在射精過後，透過清澈的陽光，看著阿明熟睡著的，健康的身體，吮指回味著剛才劇烈的性愛與種種不可思議的體位。在屏東簡單的旅社房間裡，在沒有網路的古典時代。

陳捍東看上十七歲的底迪藍宇是有道理的。當年，陳捍東貪玩，他挂上的第一個男孩是歌廳裡唱歌的，小說敘述著他的同志性事初體驗，「事後，他告訴我我是他好過的最帥的男孩，他的其他「朋友」雖然技巧很棒，但都沒有和我玩兒過癮。不知為什麼，我聽後並不高興，覺得自己的童真都給了這些『老』女人、『老』男人。我想我應該把失去的損失補回來，我要好好玩。我抱著這種玩的心理，仗著手裡與日俱增的鈔票，混了不少的『傍家』。直到我認識了藍宇。」

我和阿明一九九〇年在台北復興南路同居了一年，當年很典型的同志配對關係。一個是大學男孩，另一個是深信自己會結婚生子的上班族。為了他我特意多讀了一年大五，他繼續打工，專心地尋找自己開店的機會。他的世界和我截然不同，我和姊妹們繼續長大，看著關錦鵬的《女人心》《胭脂扣》《三個女人的故事》《紅玫瑰白玫瑰》《阮玲玉》，電影院裡又哭又笑，一起從女性電影裡滋生力量。阿明則背著我繼續去新公園，常德街釣男孩，還有，在後來鬧鬼的金統三溫暖裡尋找獵物。

電影裡陳捍東釣了一個身體漂亮的男孩，日本男男A片裡體育系學生那型的。兩人在房間裡就要搞起來，可憐的藍宇撞見了這個場面。還好有了藝術，人生的肥皂劇才不至於如斯難堪。阿關導演讓我們眼睛一亮。所有的癡情影迷，將驚喜地重返柔情的記憶。《藍宇》電影中這樣的時刻叫喚著我們的記憶，我們在記憶裡又看到了關錦鵬導演過去女性電影裡最好的片段。

阿明還是和女人結婚了。我其實做了好多努力希望改變事實，最後還是向人生低頭。而且還牽連了很多無辜的朋友喔。可憐的柏蘭芝，堂堂女性主義的戰將，為了我這個gay的好朋友姊妹淘，不得不假扮成阿明的女朋友，參加過一次次拘束無比的家庭聚會，好讓阿明的家人不懷疑他的性傾向。十幾年後，我去柏克萊看博士班最後一年的柏蘭芝，她不勝欷噓地講到這件往事。我內疚死了，痛恨自己的自私讓姊妹受苦，想起同志圈的名言，「男人是一時的，姊妹才是永遠的。」

*

一九九〇年和阿明糾纏的台北記憶隨著《藍宇》的北京故事開展著，毫無心理準備地戰火隆隆地攻陷了我。我在電影院裡回到了宜蘭金六結，新兵中心疲累的操演裡，一心等待阿明來看我。他帶了很多食物來，兩個男生一起到廁所也不會令人起疑，他溫柔地對我做愛。然後，他告訴我他要結婚了。

我記不得我當時的反應，我也想不起來我是怎麼熬過接下來的日子，在那麼菜，被操得那麼慘的新兵時期，我的心一定比身體還要痛。只記得冬天來了，白天晚上極其寒冷，我偷偷聽著那時很紅的黃鶯鶯的《哭砂》，回憶著在gay bar恩愛的日子裡那麼多同志前輩總是點唱這條歌。

我殘酷地看著電影裡藍宇聽到陳捍東要和女人結婚，要和他分手的那一幕。純真的藍宇褪下了褲子，對著陳捍東，「大爺，你今天高興用什麼姿勢……」童稚的反抗那麼脆弱，那麼令人心酸，那麼沒有用處。

世故了，老去了的我知道我再也不會讓自己這樣被傷害。我沒有像電影裡藍宇摯愛陳捍東一生，繼續愛阿明一輩子。我選擇了人生另外的路。十年過去了，阿明偶爾打電話給我，透露娶妻生子之後的無奈。對於他情感的試探，我頭腦清楚地委婉拒絕，並且明快地介紹他讓《中國時報》紅牌記者張平宜認識。她因此順利完成了一篇有關「異性戀婚姻中衣櫃同志的無奈辛酸」的專題報導。

*

後來好多年沒有再碰到阿明，不過台北的同志圈就是這樣，能去的地方就是這些。有個清冷的夜裡，我在我拍片的漢士三溫暖消磨時間，窩在櫃台裡和蔣姨、阿嬤有一搭沒一搭聊著天。突然有人在更衣間叫我，阿志，阿志。很少人這樣叫我的，我一看，果然是阿明。他只圍著浴巾，拉著我靠得很近，簡直把我貼到牆角，不讓我走。我覺得很尷尬，這麼多年了，我們早已經不是當年的那兩個人了。阿明看我不高興，放軟語氣央求我不要走，今天晚上至少陪他聊聊天好嗎。昏暗的燈光我才注意到他臉色有點不對。他慢慢跟我講，他為什麼在這個下大雨的晚上，自己跑來三溫暖睡覺。

他跟我講了他剛從一場恐怖的賭局逃出來，他一夜之間輸掉整整五百萬，簽了本票才能走。阿明這些年一直在台北開高級的日本料理店，景氣好的時候，生意做得很大。他說兩年前他被一票人盯上了。人非常好的一個大姊，每天帶不同的生意人來他店裡捧場，對阿明像弟弟一樣照顧。我想到過去我們在一起的時候，六條通那些頗有歷練的大姊們，的確跟年青的阿明特別有話聊。

這個出手闊綽的女人就這樣天天來店裡，大家彼此偶爾也打打麻將，感情融洽。生意有來有往，互相也有些周轉，關係越來越親近。阿明講了好多生意場上應酬往來的眉角細節，我漸漸就聽不太懂其中的曲折了，完全不是我的世界啊。總之呢，大姊她們這夥人仔細佈局了兩年，就在今天收網。阿明和他的大股東，兩個人被帶到大姊的場子賭，股東比較謹慎，輸了一百萬之後，知道事情不對勁，想盡辦法自己退了。阿明退不了，賭到整整輸了五百萬。

我看到阿明臉色這樣灰敗，我心裡想的是，原來真實的社會這麼險惡，比電影裡演的還可怕。佈局兩年耶。阿明又開始嘆氣了，從身體深處發出來的嘆息。他突然好溫柔說，還微微笑了起來。他問我記不記得他要結婚前的那個晚上，和現在一樣，也是個下大雨的夜裡。他特別回到我們一起租的復興南路頂樓看我。他搬出之後那麼久，刻意不跟我聯絡，要讓我死心，終究還是在結婚前夕回來看我。

我當然記得那個晚上，我房間裡已經有其他男人在了。阿明一直狂按電鈴，對講機叫著阿志阿志，我就上去一下跟你講一下話就好。我實在不能讓他上樓，場面太難堪了。雨越下越大，等我趕下樓，只看到他攔了計程車揚長而去。我知道阿明在哭，我淋著雨自己一步一步慢慢走回去。

二十年後，我在三溫暖昏暗的燈下，聽他講完那麼長那麼曲折的凶險的故事。我默默在他旁邊坐著，沒講話，偶爾抬頭看著他老去的，疲倦的臉，在越來越深的夜裡，寫滿了我不認識的滄桑。我想起同一張淋著雨的年青的臉，那一夜臉上流的不知是雨還是淚。

善歌如女妖的同志前輩們，在Funky唱著一首首纏綿的情歌，後來流進了我的攝影機，成為《無偶之家，往事之城》片中一格又一格畫面。

我細細回想著這個劇烈變化的三溫暖之夜。當時我並不知道，自己會變成說故事的人，多年之後拍下寫下一則又一則愛比死更冷的故事。

學院之樹與芭比娃娃

母親幫我在青年公園附近買了個簡單的小公寓，讓我終於不用擔心付不出房租。有了自己的小房子之後，心情輕鬆不少。東奔西跑拍片之餘，有空總隨手從家裡捉了本書到公園裡的泳池曬太陽，悠閒地游泳。這幾年這個泳池儼然已成了台北的gay beach，許多好看的青年盡情在看台上展示身體，像一個個男版芭比娃娃。

男孩們穿著低腰speedos，毫不吝惜秀出他們激凸的青春，如盛夏眾蟬嗡嗡作響，炫人耳目。我恍神跌入一九八六年初進台大文學院的往事。那年詩人楊牧剛出版的詩集，取名《學院之樹》的系列作品，正是以廣袤的院子裡那棵樹為摹本，上課一不小心轉頭就看得到。

作為一個陌生的轉學生，我對於教室裡坐滿的的美少女們驚訝極了。我按照學號被編成七號組，在語言中心上小班的英聽課時，環顧教室，美麗襲人。女同學們在我當時眼中，簡直比今日的名模還耀眼。從小沒玩過芭比娃娃的娘娘腔C貨如我，終於有了大展身手的機會。

我選了《柯波帝：冷血告白》電影裡風華絕代的酷男作家楚門．卡波提的一篇少作《美莉安》，在台大外文系搬演紐約東河邊寂寞老婦人與精靈小女孩的的異想故事。初生之犢不畏虎，二十歲初次當導演的我，邀了全校最美的兩個女孩擔綱主演。她們竟然都答應了。我更玩性大發地實驗，要她們兩人在演出的兩個晚上對調角色，乾坤大挪移。

女孩一個叫菲比，一個叫露比，我從此天天在文學院中庭大樹下跟我的兩個芭比耳鬢廝磨。我以源源不絕的創意天天在樹下想出新花招磨鍊她們。兩個芭比排完戲覺得心靈好充實，興高采烈帶著我闖蕩台北的浮華世界。我記得一次她倆帶我去仁愛圓環高級髮廊剪髮，剪一顆頭要一千五，對當時的大學生簡直是天價。我的結論是，「他一根一根慢慢剪，難怪那麼貴。」

卡波提的小說平易中透露著說不出的詭魅，如冰山下隱藏著致命的漩渦。才大二的露比與菲比一直演不出尋常生活中的那種危機四伏。我記得那一個冬天的下午，我們三人鐵了心，一定要把老米勒太太和美莉安的關鍵戲排對味才肯回家。天色猶昏，夜色漸漸降臨。文學院的中庭彷彿飄下紐約東河邊的初雪。我漸漸看不清露比與菲比的面容，楊牧的學院之樹幻化成一蔭濃重的黑影，迎面向我們撲來。終於，她們變成了米勒與美莉安，手捧著藍玫瑰，聲嘶力竭地對峙著。

攝影：吳忠維

闇影下的我，看著我的精裝芭比成了陰鷙的小布娃娃，心裡有說不出的得意，比得了奧斯卡終身成就獎還要開心。

後來的我們仨，各分東西，人生不再有交集。露比成了美艷的補教界名師，菲比是銀行高階主管，我則是貧窮的紀錄片導演。我繼續在藝術之路上匍匐前進，每一個新作品於我都如充滿幻術的魔術舞台。我盡情地召喚不同面目的男身女身芭比娃娃，呼風喚雨，重回那一個冬日下午的魔術時刻。

偶然，我的兩個老去的芭比會問我一個我從來不知道答案的老問題，「Mickey，你難道不知道大學時代班上有女生暗戀你嗎？」她們的問題總教我臉紅困窘。一直到我看了電影《時時刻刻》，老去的拉子梅莉史翠普照顧著愛滋老男同艾德．哈里斯。在他墜樓自殺的前一刻，電影揭露了他倆曾有的的少年情事。

我一直沒有辦法忘記，偌大的螢幕上，白髮蒼蒼的拉子梅莉史翠普，剎時臉紅心跳，宛如初探情網的嬌羞少女。

我的異性戀怪叔叔陳進發

我可愛的小叔叔陳進發，他只大我七歲，所以我們都對他沒大沒小的，從來沒喊過他叔叔，都直接喊他陳進發陳進發。他是很搞笑的台北市歐吉桑計程車司機，整天碎碎唸擔心自己今天跑不到兩千塊。自從我十四年前出櫃之後，他就超關心同志訊息的。他家住安居街，幾年前我叔叔發現他家對門搬來一對俊美的白領男同志couple，他就整天偷看人家作息，比柯南還鉅細靡遺。我嬸嬸李麗秋笑死了，說害對門那對 gay 特地找了塊大布往我叔叔家方向遮，簡直不勝其擾。每次去我叔叔嬸嬸家串門子，我叔叔都超興奮要我鑑定那兩個是不是 gay？還怕我看不清楚，一直拿板凳讓我墊腳。我跟我嬸嬸實在是哭笑不得。

然後我出櫃之後，我叔叔陳進發的 gaydar 好似突然開了天眼。他平常都是開早上的車，大部分在松山機場排班，很偶爾他會晚上開車，每次他都拼命打手機煩我，問東問西，問「Funky、Texound 是不是你們同志會去的地方，我在那邊載到的客人都跟你長得好像，一副是你們同志的樣子……」，吼，他問題超多的，我回答得有夠煩。

不過，過了幾年，我叔叔功力突飛猛進，越來越有同志人權 sense，儼然成為台灣計程車界的同志專家。我每年都會去拍同志大遊行，可是我的工作是什麼，我到底都在搞些什麼事情，其實我全家人包括叔叔並不是搞得很清楚，畢竟他們都是要拼命討生活的人。我這麼文藝腔，當然對他們而言，是另一個星球的人。好像是前年吧，那次我缺席沒去拍，一則是前e天玩得太晚太嗨。二則是我拍的那部有關老年同志的《無偶之家，往事之城》，片子裡頭那麼熱心喳呼的蔣姨過世之後，我有點怕去拍同志大遊行，總是會觸景傷情，心裡空了一塊。結果那天我還在睡懶覺，我叔叔手機就奪命連環call了。他聽到我還在睡覺他氣死了，他說他塞在忠孝東路，整個路上「滿坑滿谷都是你們同志耶！挖賽，你們同志原來勢力這麼龐大喔。吼，大家都出來了，你還不來，你還在家睡覺?!」唉，我只好拿了DV衝出門紀錄，想偷懶一年都不行！

我叔叔陳進發最讓我感動的一次是，拍《沿海岸線徵友》短片時，我不但自掏腰包超支了快三十萬，把微薄的積蓄都燒光了，還動員全家當義工。我表妹陳姵君（她是非常資深專業的廣告casting）幫我找演員，我表弟陳大力幫我拍劇照，我叔叔陳進發開了他的計程車沒做生意整天幫我當外景車載道具載演員，帥哥男主角吳慷仁等戲時跟我叔叔聊起天來。

慷仁十分好奇我的家人到底是怎麼看我這個又娘又怪工作又超認真的同志導演的？慷仁後來跟我講，我的計程車司機叔叔陳進發，只淡淡跟他講了一句話，「我們都知道俊志是藝術家，我們家不是有錢人，沒有能力有錢支持他拍片，我們只能盡我們的力氣盡量幫上他一點小忙……」

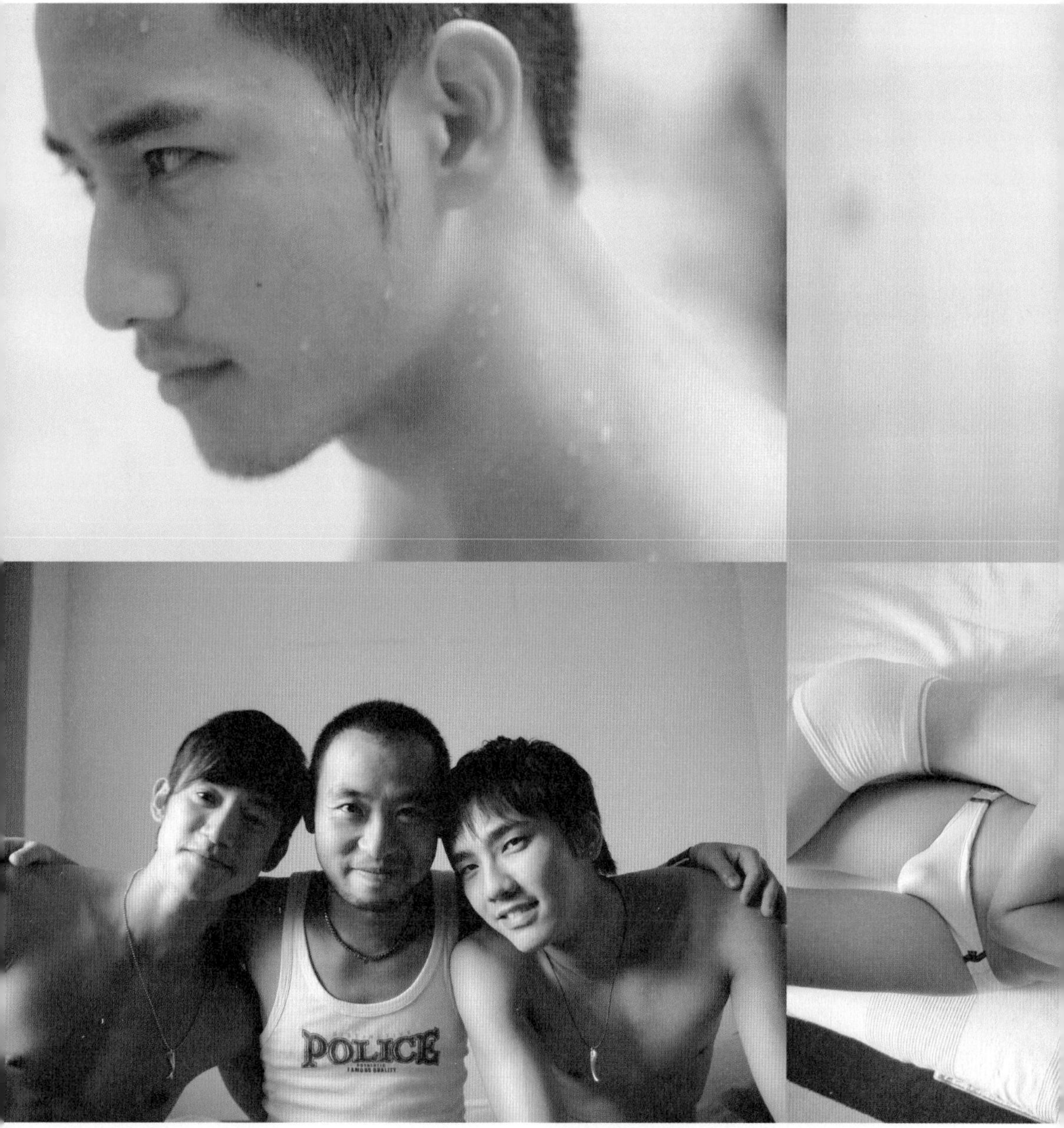

《沿海岸線徵友》是我在拍紀錄片十餘年後，第一次嘗試劇情片。我們陳家總動員，表妹陳姵君當我的casting，表弟陳大力強忍著呵欠超敬業為我拍下一幀幀令人驚豔的裸男劇照（唉～誰叫他也是異性戀呢～）叔叔陳進發開計程車幫我。照片中我的可愛男優們是吳慷仁，周孝安，和劉雨凱，我鎮日和這些美麗的男孩們一起虔敬地工作。但一想到要把他們全都扒光，我的心就發慌。要拍最激烈的一場3P全裸床戲前，我徹夜難眠，還好師傅陳坤厚在MSN上給我做了整整一個小時的心理輔導，我才有辦法出門開工。　攝影：陳大力

三女神

成長過程中突然失去母親陪伴的我，因為父親生意失敗，一個完整的家庭離散。舉家倉皇逃往紐約，我孤獨一人留在台灣，心中總有孤兒般的寂寞心情。姊姊的早逝，讓我真正斷了手足。還好有爸爸這邊家族三位姑姑，她們彷彿替代了我的母親。她們的母性，也一輩子包容了總是大聲斥喝她們、一直瞧不起她們的兄長，我的父親。

大學上西洋文學課，讀到希臘戲劇最後一切亂成一團時，總有一個美妙的解決方法，天神從天而降，萬物自有指引。我靈光一閃，這不是在講我的三個姑姑嗎？原來在我家的人生悲喜劇裡，一直有這三個很台的女神一路守護，比媽祖還靈驗的，一路帶著迷航的我們逢凶化吉，乘風破浪。

當兵前我毫無憂患意識，以為跟成功嶺少爺兵一樣輕鬆，很瀟灑地叫家人朋友都不用來會客，我不想麻煩大家。沒想到一走進金六結新兵中心，我們立刻被喝令揹著大背包爬進營區，真的用爬的喲。柔弱如我哪禁得起這番折騰，排隊打公用電話給三姑姑，一接通我立刻嚎啕大哭。我表妹陳姵君後來告訴我，我那通電話威力無窮，整個禮拜三個姑姑彼此call來call去，一把眼淚一把鼻涕，開場白總是，「俊志這麼可憐喔，從小就沒有媽媽，現在當兵又這麼苦，聽說在裡面被操得要死，他媽媽又在美國那麼遠不可能回來……」

接下來的禮拜天會客，陳家三女神全員出動，三個姑姑一路呼喊俊志俊志，後頭浩浩蕩蕩跟著我的大學美女同學們露比菲比，我的姊妹淘柏蘭芝，連我的衣櫃男友阿明都來了。每人手上鍋碗瓢盆滷肉炸雞捲烤魷魚，搞得比中元普渡殺豬公還熱鬧。全家齊心，佔領金六結。

大姑姑

大姑姑七十歲生日大壽那天，在新店海產店請客。其實大家有包紅包幫大姑姑度過難關的意思。大姑姑一輩子熱情大方，請客總是大魚大肉，一桌又一桌的流水席。她的廚藝精湛，手腳麻利，家裡總是擠滿了食客。她一輩子就是壞在好賭這件事上。四色牌、大家樂、六合彩、麻將、樂透……，她無賭不與，風靡得不得了。七十歲的她，欠下一屁股賭債，不敢讓兒女知道，地下錢莊的流氓討債到她家，她驚嚇到有點精神恍惚。整個壽宴上，我看到大姑姑變

大姑姑陳開梅、 二姑姑陳貴英、三姑姑陳盈潔。

得那麼像她的母親，我的阿嬤。撫養我長大的阿嬤在她生命的最後十年，罹患阿茲海默症，大家出錢由大姑姑看護。

二姑姑拎著大姑姑上台唱卡拉ＯＫ，壽宴上大姑姑終於挺起腰桿，像個男子漢一樣扯開喉嚨。女中豪傑，耿直動人。我想起民國六十年代，爸爸的爵士彩色如日中天，大姑姑是負責煮飯的歐巴桑，年幼的我常驚愕地看著爸爸大聲斥責自己的大姊，我的大姑姑陳開梅。童年的我，尚未飛入尋常百姓家，卻已隱約感受到階級的殘酷，父權的兇暴。

爸爸從美國失敗回來之後，不改族長心態，一切都要唯他是從。爸爸說大姑姑沒受過教育，知識水準低，照顧阿嬤的方式太local了，一點都不專業。他自己去尋看了幾間昂貴的安養院，提議把阿嬤送去，別讓大姑姑照顧了。全家人原本圍坐庭院夏夜微笑聊天，氣氛陡變。大姑姑霎時恐慌起來。看顧阿嬤的收入讓她可以過日子，還賭債，勉強支撐下去。她當然盡心盡力，更何況是照顧自己的親生老母，她怎麼可能怠忽職守？大姑姑試著解釋，但爸爸根本不讓她講話。

三姑姑一向最理性，好言好語的打圓場，分析說安養院又貴，又擠了那麼多老人家，不可能像大姑顧得那麼仔細的，「阿兄，阮阿母躺那麼多年，從來也沒長過褥瘡，你看阿母的皮膚到現在還是幼綿綿……」，爸爸很不耐煩，

「啊查某人不懂別講啦！」二姑姑脾氣火辣，比較敢跟爸爸嗆聲，大聲問他說給大姑姑照顧有什麼不好，更何況他又沒出過一毛錢?!這時候開車陪爸爸去看安養院，一向最孝順阿嬤的小叔叔講話了，「阿兄，如果要把阿母送到那種地方，自己的阿母耶，我看到就不忍心……」，小叔叔哽咽起來。

在劍拔弩張，越來越大聲的爭吵中，我跑到阿嬤身邊，握住她的手安撫她。阿嬤早已不能言語行動好幾年，躺在躺椅上的像個無助的小孩。阿嬤一定不曉得發生了什麼事，卻握住我的手越握越緊。我看到阿嬤的眼神好害怕，像犯錯的小孩，等待大人的懲罰。

我去摘了後院的玉蘭花，梳攏她整齊的白髮，插在耳際。玉蘭花的香味在夏夜格外濃郁，漂浮空中擋也擋不住。這株玉蘭花樹是小時搬回新店之後，阿嬤和我們從山上引水，好小花苗開始種的。如今開花散枝，濃鬱鬱好大一叢。

三姑姑

三姑姑的人生一直穩健踏實，總是朝她覺得最有安全感的道路走去。因為小時新店老家山崩，三姑的腳被大石頭壓到，她總覺得自卑。三姑嫁給大她三十歲的老芋仔三姑丈，不離不棄，在台大附近小本經營一家永安西服號。一直到三姑丈年邁過世，過了幾年，三姑姑才又按部就班交了新男朋友范叔叔作伴。

范叔叔也是外省老芋仔，我心裡暗笑三姑姑真是「老芋仔殺手」。其實他們偷偷約會好久了，我在台大附近撞見好幾次，也不拆穿。一直到三姑姑決定come out那天，她請我去她家吃飯，我剛好和小男朋友小武熱戀成功，也決定帶他去給三姑姑認識，所以那天晚上算是double come out。

我三八地邀三姑姑和范叔叔和我們double date，一起去真善美戲院看菊貞拍的《銀簪子》，我拍胸脯向三姑保證，我在紀錄片雙年展看過，哭濕八條手帕，好感人好感人，她一定會喜歡。結果電影演不到一半，隔壁的三姑姑和范叔叔一齊鼾聲大作。看完散場三姑把我罵得臭頭，「你以後千萬不要叫我看什麼紀錄片，難看死了，你三姑丈或范叔叔隨便什麼故事也比他們精彩一百倍！」

不過，三姑姑真正的罩門還是在兒女身上。她一輩子是個得體的老闆娘，極懂得人情世故的厚道。寬以待人，卻嚴以律己。小時候關起門來教訓表弟表妹時，真的是「可怕的媽咪」。表妹有次不知犯了什麼小錯，三姑姑變臉發飆，一路把表妹拖到廁所鎖住門，拔起洗衣機上的塑膠水管劈頭就抽。打完還不算，又扯住表妹的頭往馬桶塞。我們在門外嚇壞了。只聽到表妹在裡面大哭大喊，和三姑歇斯底里的喘氣聲，「看妳以後還敢不敢?!看妳以後還敢不敢?!」

三姑的女兒我表妹叫陳姵君，她和我同年，兩人一直很親近。先生幾年前有了外遇，和泡上的美眉另築愛巢，棄妻女不顧。我當時幫表妹找遍婦女團體諮詢，誰曉得要離婚是件這麼複雜的事。離婚這事一直拖著拖著，就這樣竟也快要十年。表妹夫該負起的一個當父親的責任，當然多數落到我表妹陳姵君肩上。

三姑姑此時現代化極了，才不肯替女兒帶小孩勒。她的第二春新生活正風風火火地展開，上老人大學學插花學英文學風水，下午和歐巴桑同學們跑卡拉OK尖著嗓子唱老歌，她哪裡肯那麼傻當苦命的阿嬤。於是，表妹重回職場，一切從頭學起，堅強地扮演好單親媽媽的角色。表妹和我喝下午茶時，最熱門的話題就是她媽媽多麼的可惡，我媽媽多麼的偉大。

二姑姑

三個姑姑中以二姑姑最具傳奇色彩，她個性剛烈外放，豪邁海派，我小時候一直懷疑她是不是當過酒家女。六十六歲的她最近和二姑丈鬧離婚，把他的大哥，我的爸爸氣得要命，覺得她丟盡娘家的臉，不守婦道。

我覺得爸爸很可笑，要不是二姑姑一路不守婦道，花紅燦爛，怎麼有能力在很多關鍵時刻伸出援手救了爸爸？當年爸爸媽媽逃到美國躲避票據法的機票就是二姑姑從吝嗇的老芋仔二姑丈那兒凹來的。

二姑姑對男人很有一套，她第一個丈夫，我第一個二姑丈，大家都用台語叫他「空仔」，是個瘋狂的毆妻者。二姑姑不是省油的燈，在那個保守的年代成功地逃離家暴離了婚，在眾多追求者中，找到了資產殷實的新丈夫。

新的二姑丈當年在松山菜市場賣豬肉，生意鼎盛很吃得開，彼時貪戀二姑姑的美色，讓二姑姑大把大把地將私房錢和油滋滋的豬肉，神不知鬼不覺地送回娘家。二姑姑陳貴英用她神奇的女性力量，偷渡餵養了生意失敗逃到美國的哥哥嫂嫂留在台灣的四個可憐外甥——童年時如此瘦小總是飢餓，眼神畏縮害怕的我們兄弟姊妹四人。

時光荏苒，二姑姑和賣豬肉家產殷實的二姑丈再婚快三十年了。二姑丈近十年很少待在台灣，在大陸家鄉買房子定居，最近被二姑姑查出來居然在大陸包養了年輕二奶，而且一包養還一次就包兩個二奶。二姑姑這個狠角色，眼見一哭二鬧三上吊沒用，當機立斷，親自跑了趟大陸和二奶打架。她果然巾幗不讓鬚眉，戰績彪炳，打二奶事件驚動當地公安，躍登廣州地方版頭條女主角，一架成名為國爭光。

爸爸很過份，不顧念這個妹妹三番兩次對他有救命之恩，他也早忘了青年發跡的那台在塵封的老照片裡兀自光亮耀眼的古早摩托車吧！父親反而痛罵二姑姑不守婦道，在外結交男朋友祿仔，「自作自受活該！」完全與二姑丈同仇敵愾，從此不和二姑姑說話。

他們兄妹的衝突在一次家庭聚餐中達到頂點。那次大家出錢請爸爸吃飯，幫他餞行，因為他要飛去美國幫女兒帶剛出生的小孫女Ellen。二姑姑帶男朋友祿仔同行，爸爸突然臉色鐵青開罵起來，場面十分難堪。二姑姑從來不是溫婉嫻淑的良家婦女，衝突一觸即發。大家一陣勸嚷，卡拉ＯＫ樂聲響起，二姑姑忿忿地拉起祿仔，在空曠的新店溪野雞城，前一步後一步婀娜多姿地跳起恰恰。

黑貓二姑姑的少女時代，風靡整個雙溪口村。

那些膠捲一樣的記憶

秋天已經來了，我喝著紅酒，聽西卿的〈悲戀的酒杯〉和鳳飛飛的〈又見秋天〉。又或者是蕭孋珠的〈一簾幽夢〉，然後，葉啟田的〈冷霜子〉。我開始寫下我記得的那些鏡頭。

1

雙溪口

阿公自己監工，同時自己也是最賣力的工人。馬上，我們要搬回鄉下住的木造屋子很快建好了。我讀書寫功課的書桌在阿嬤房間，桌子隔著綠紗窗面對院子。夏天鄉間的涼風宜人，舒緩地投射進陽光，讓我呼吸清醒，卻又渾沌欲睡。

阿嬤一搬回雙溪口，立刻恢復農婦本色，在院子咕咕咕叫雞仔吃米糠，上山巡水，菜園種菜。每日起早大灶生火炒菜，燒熱水倒進一個大鋁桶，全家人輪流洗澡，女的一定要在男的後面洗。阿嬤還三申五令，我們男生走路絕不能從竹竿上曬晾的女生衣物底下過。

住坡頂的生仔阿伯有時會叫他兒子阿坤和阿狗跟我一起做功課。我當時只覺得阿狗很笨，然後跟我同班的阿坤怎麼長得這麼高大。一起做功課時，他短褲下的大腿幾乎快繃裂褲管。後來阿坤當兵時，在部隊教游泳，身材更是健美。

阿公把我們簡陋的木屋架高，斜頂屋頂下做了閣樓，不及半身高，留做通風避熱用。所有敦化南路時期的什物都堆在閣樓。有把很貴的小提琴一次都沒用過，被棄置在木屋屋頂，慢慢堆滿灰塵。

有一次脾氣剛烈的大叔叔進財和爸爸大吵，喝了酒賭爛狂吼，「你做什麼大兄的?!就只會拖累阿爸阿母！」喝得滿臉通紅的叔叔架了木梯，把閣樓上的東西全扔到院子去。我那把從沒拉過的小提琴，一下子被摔得稀巴爛。

2

鄉村圖書室

我開始記起廣興那個鄉村圖書室，點點滴滴滲進我的身體，舒展開來。那些忘掉的時刻，曾經真實地在人生某一個時間點上，那麼重要。然後，居然忘掉了這麼多年。

那時我讀屈尺國小五年級，拿著不耐煩的車掌小姐一格一格剪下的公路局月票，上頭貼著我戴著黑框大眼鏡土極了的大頭照，寫著「屈尺—龜山路」，一個月月票九塊錢。不管車上人多人少，我總是一本一本讀著廣興那個小圖書室借來的通俗小說，古龍，華嚴，嚴沁，禹其民，最主要是瓊瑤。窗外六個夢菟絲花可以讓我一頭鑽進那些媽媽還在小阿姨穿著比基尼偷帶我們去美軍俱樂部游泳的龍江路外婆家的下午。

「你怎麼在讀瓊瑤小說啊⁈」整個雙溪口村裡學歷最高的正在讀北一女的鄰居姊姊，在搖晃的公路局車上好大聲問我。我當然聽懂她的暗示，男孩子讀瓊瑤，你是要被笑死嗎⁈我一下子羞愧極了，瞥頭看窗外的山路，餘光瞄到她的皺眉，她伸手翻看我的書皮封面。從那天起，我再也不讀瓊瑤了。至少不在公路局車上讀了。

我借到一套賽珍珠的三部曲《大地》、《兒子們》和《分家》，跟很厚一本的《飄》一樣，放在世界名著那一排。賽珍珠當然沒有郝思嘉迷人，可書裡用簡單的字句對土地的描寫，懵懵懂懂中埋進了我身體。在黃昏的樸素圖書室裡，我猜想，我已經適應了鄉間生活。我感覺到自己的身體裡，也躺著一條靜靜的河流。

後來呢，我的言情小說記憶，漂浮停駐在那條叫做大學口的小街巷。有些熱鬧的小吃食堂麵攤，深夜都還開著。整條街面中有間不起眼的租書店，破爛沙發上擠滿了冒著青春痘的少女。煙霧熱氣裡一對表姊妹走進來，穿著蹩腳的國中制服，兩眼貪婪搜尋著書架上那些油漬的書皮，一塊錢兩塊錢在小桌子前繳錢租書，那是民國七十年的光景。

那時，寄居三姑姑的姊姊讀長安女中，表妹讀螢橋國中。姊姊迷溫拿五虎的阿B鍾鎮濤，表妹迷阿倫譚詠麟，兩人各擁其主，蒐集所有廉價書報上的男明星照片。她們兩總是去台大對面的大學口租書店租來厚厚一落言情小說，睡上下鋪的的表姊妹們，任憑三姑姑叨念，躲著讀完羅曼史，胸口腫脹地睡著。

三十年後的某天，我的表妹陳姵君在地下室剛試完鏡，無比繁瑣地幫男女演員模特兒定裝編號做檔案。忙完了工作，她和三姑姑一起推了老縫紉機出來，那是某一台過去永安西服號的老早淘汰的舊機座。表妹要幫她不愛打扮，粗魯饒舌的國中女兒于若芸補睡褲。我很驚訝那麼T的表妹居然可以熟練地腳踏縫紉機，喀躂喀躂就補好褲腳。她白我一眼，「不然你以為我和陳慧敏以前的零用錢哪來的？我媽媽那麼摳，你又不是不曉得。再怎麼樣，我也是裁縫師的女兒啊！」

我只記得姊姊和表妹去大學口租小說，我不知道姊姊會縫褲腳賺零用錢。表妹不經意的言說，讓我又多擁有了一些姊姊。

3

友伴

有次和柯裕棻閒扯淡，說到我表妹陳姵君小時候本名叫陳典娜，柯老師興奮死了，全身像蝦子一樣扭動，大笑大吼說，挖怎麼可以取得出陳典娜這種名字這麼讚，光看到這個名字好像就可以寫出一篇比《凡爾賽玫瑰》還棒的小說。我聽柯老師這樣講，覺得很有道理，我想那以後如果我寫小說就用陳典娜來當筆名好了。

那是民國六十年初期的大學口，瑠公圳上大馬路蓋了一整排矮房子，正對台大正門口的是爸爸開的爵士彩色，側門口對面是三姑姑家永安西服號，再隔壁那個文具店是戴金邊眼鏡看起來很凶的周太太開的，而且原來兩家屋頂的閣樓是互通的。夏天傍晚，陳典娜帶著我們飛簷走壁，潛入周太太家的文具店樓上勘查地形，拜訪鄰居。幾個小賊眼見倉庫沒人，不免見獵心喜，當然也就順手牽羊。

回到三姑家的閣樓，我常和陳典娜配成一對玩辦家家酒。表妹頭上披著一小塊碎花布充作頭紗，指揮若定當起新娘。孩童的我們煞有介事地拿出文具店偷來的小碗小盤，備齊豪華喜宴，模仿《婉君表妹》之類的通俗劇情，有人演媒婆，還要有人演兒子女兒。在行禮如儀的遊戲中，我莊重氣派地擁有了一個妻子。

姊姊週末放假自己搭了到烏來的公路局，回來阿公阿嬤家，和我們一起玩跳繩跳房子丟沙包。阿嬤心情好的時候，不會皺著眉頭要我們做繁瑣的雜事。我們呼朋引友，一下子院子裡擠滿了各家的孩童。廖雅惠許麗秋阿狗阿坤啦都來了，有人用碎紅磚頭畫線，有人大聲起鬨怪聲嘶叫，精疲力竭玩著種種複雜的遊戲。地面上的線條雜沓紛亂，一點都不齊整，好像日後一條條難走的人生行路。傍晚了，各家大人紛紛叫喚孩子回家吃飯囉。

原來，我們是彼此的友伴。一直到長大之後，我們拜訪彼此的家，仍舊在彼此的臉上看到自己的童年。那些在院子嬉戲的下午，總是溢滿陽光的味道。那時世界清新，人生潔淨，幾乎已經是史前記憶。

4

阿嬤死去的那個早上

在新店鄉間祖屋撫養我長大的阿嬤，晚年中風多次，八十三歲那年在睡夢中過世。前一晚正好我回新店看她，陪伴了阿嬤最後一夜。阿嬤走前幾年，我奔波台北各補習班教英文維生，常夢見阿嬤過世了，在夢中哭醒。現在當然知道那夢是自己潛藏心底的焦慮積累，竄升成夢。

我在夢中不斷預見阿嬤的死亡。在我幼弱時，阿嬤種曇花煮湯，細聲喚我到廚房偷塞雞腿餵養我這個金孫。我都讀建中了，回鄉下時還是跟阿嬤睡同一張大床。醒來時手中總有幾張阿嬤偷塞給我的紅色紙鈔。阿嬤中風失智後，我在仁愛補習班教英文，根本很少有時間回去看她，我能做的只有每個月分攤八千元，代替爸爸的責任，付給大姑姑當作看護阿嬤的月錢。大姑姑每次拿到月俸可以還賭債時，總特別開心，對著傻傻望著我們的阿嬤說，「阿母妳疼這個金孫沒白疼。妳攏講疼這個金孫沒路用啦，妳沒可能活那麼久吃到乎伊有孝到，結果阿母妳吃到足足足喔。」

就在阿嬤去世前那個禮拜天，我去宜蘭金六結看了我在仁愛補習班教書第一年的學生巫明熹和劉純助。那陣子我總心神不寧，害怕沒能趕上見阿嬤最後一面。我摸著沒有氣息的阿嬤冷去的手，我感激阿嬤體貼我，沒有讓我錯過為她送別的最後時刻。小叔叔進發沒見到阿嬤最後一面，嚎啕大哭阿母啊怎麼沒等他讓他看最後一面。他是最孝順的小兒子啊。阿嬤中風之後，只有小叔叔每個禮拜回新店祖屋，比任何人都細心地幫阿嬤擦澡，換尿布。

好多年後，我的書頁翻飛，停在麥可・康寧漢的《試驗年代》裡最後那幾頁。西蒙決定不上太空船，留下來陪瀕死的那迪亞蜥蜴女人，那個一百歲的那迪亞反抗軍女人凱特琳。西蒙在夢中看到草原，聽到一陣風，他醒過來。西蒙發現他深愛的凱特琳死了。西蒙知道凱特琳是為了讓他上太空船前往新世界而讓自己趕快死掉。

就是在我回家陪她的那個早晨，我的阿嬤安靜在睡夢中死去。我在房間陪著像是睡著的阿嬤，握著她的手，像多年前姊姊死去的那天。在這個我長大的房間，時間凝固著。我坐在小時候讓我拿了一堆獎狀的那張舊桌子前，任憑窗格的風吹進房間，吹涼了我發楞的身體。我看到阿嬤的老舊梳妝台，阿嬤的紅木衣櫥，都還靜靜存在著。我自己一個人在房裡，陪伴阿嬤的屍體。我牽起阿嬤的手，如此的溫柔。

阿嬤儉省小氣，重男輕女到了極點。那一年爸爸說要去高雄做生意，阿嬤立刻將她晚年僅贜的私房錢一百萬提領出來，拿給爸爸。阿嬤的私房錢只有我知道放哪裡，阿嬤藏放在她紅木衣櫥，用三個鐵勾雕花鎖頭鎖緊的小抽屜深處。她只信任我這個金孫，從小到大，總是支開所有人，神秘地把我叫到房間，把門鎖緊。小抽屜的鎖頭開了老半天，小心翼翼拿出存摺和印章，用報紙包好她摳刻存下的血肉錢，要我這個金孫幫她拿到龜山橋頭的鄉下小郵局存好。

爸爸拿著二姑姑二姑丈投資的錢，阿嬤的私房錢，懷抱東山再起的美夢，下去高雄開商業攝影。所有人的錢再度被爸爸騙光。後來阿嬤就得了阿茲海默

症，回到一個容易受驚的孩童的狀態。她的人生吃了太多苦，她縮回去躲在孩子的世界，張望她不明瞭的苦透的人生。

那些年，爸爸總要我們南下過暑假，住在阿珍阿姨澄清湖旁的家。姊姊阿弟阿妹都去了，弟弟甚至還認了阿珍當乾媽。每個人都曬得紅通通回來，玩得開心極了。只有我賴在台北，抵死不去高雄。我因此對姊姊很不諒解，覺得連她也背叛了媽媽。我還譏諷姊姊，不要被阿珍也拐去當酒家女了。

最後的殘局是爸爸高雄的生意就要收攤，我跟著下去他蕭條的公寓幫忙整理。我印象裡只有那些慵懶暈濡的午後，五福六合七賢路大街小巷裡到處隱藏著很台的色情戲院。我在空屋偷翻父親的商業攝影集，專心搜尋照片裡偶然出現的裸體男模和若隱若現的陰莖。父親帶下去高雄的所有卡帶都是鄧麗君呢喃的小調，我躺在馬賽克的舊浴池泡著，在港都的下午，一遍一遍聽著香港戀情。

阿嬤年青時是強悍的客家母親，脾氣壞得不得了，在講閩南話的雙溪口村是出了名的會打小孩。可姑姑叔叔們最愛講他們小時候如何被阿嬤追趕用細竹絲抽打，他們用盡誇張的表情姿勢敘述著，栩栩如生，像小孩子那麼捨不得吃完糖果，珍藏他們的童年記憶。他們在不斷彼此補充的敘事中，再度成為那個被阿母追打的調皮小孩，有母親的孩子。阿嬤在時，二姑三姑都還有娘家可回，一個那麼重男輕女卻永遠深愛的阿母的家可回。阿嬤死了，娘家就沒了。

那麼多年之後，二姑三姑在過年搭著進發叔叔開的計程車回鄉下，爸爸準備了小瓶的紅酒，他只買得起這種樣品般的小瓶酒。爸爸將他在宜蘭傳藝中心買到的客家山歌ＣＤ開的震天響。二姑三姑伊呀伊呀唱起來，進發和爸爸也加入，疊聲雜沓，比ＣＤ還要大聲響亮。

我看著蒼老的我的爸爸姑姑叔叔，喝了酒的臉紅通通，頭髮凌亂，眼睛散放著不可思議的光芒。根本不太會講客家話的他們，每一句山歌都熟稔流暢，那是他們的父親，我的阿公深植在他們身體深處的記憶。他們唱得那麼大聲，像法西斯的軍隊士兵，步伐整齊走向他們的童年，那些有山崩竹筍青竹絲的鄉間夜晚。他們的父親下工了，從烏來台車的崎嶇鐵軌朝著雙溪口的木屋，唱著客家山歌一步步走來。阿公在他們暮年蒼茫的視線中，無比清晰。歌聲中我看見我的父親，我的七十歲的姑姑們，溫柔馴服，回到木屋中一個又一個的童年黃昏。

跨過一個世紀的月色，漸漸浮現在天空，暗淡了迷離了。

鐵皮書性史

當他身體老朽毀壞，密櫃裡珍藏的鐵皮書總還留著，纖毫畢露的性的記憶在文字中重生，熱血鮮活一次又一次，再幹一次。那是退伍那年他第一次來到遙遠的絢爛的美國母親陪他在紐約蘇活區Boy London專賣店買到的一本鐵皮筆記本。他當時以為自己一輩子永遠可以活得像個男孩。

記憶的開端是台視黃以功重金禮聘香港蕭芳芳渡海而來在《秋水長天》裡和男孩劉德凱走著堤防談戀愛。他那時才讀國小六年級，就懂得每晚躡手躡腳在早睡的新店鄉間老屋無聲打開電視，螢亮的光剛好映照著他從草創的大開本時報週刊撕下的子彈型內褲廣告頁。劉德凱無瑕的臉在當年覺得色的不得了的微凸內褲男模陰莖中上昇燃燒。

壓抑的年代追索性的氣味如今玩味反而kinky極了。他讀國中時是陸小芬女王蜂復仇電影全盛時期。滿坑滿谷的乳浪峰波中尋覓一閃即逝的男體的路途十足曲折。他像賊般在重慶南路書街買到偽裝成男性健美相片的黑白露屌寫真。才國中的他也真毅力驚人，居然讓他尋址找到景美舊橋老公寓中，只穿著紅色子彈內褲來應門的賣相片怪叔叔。怪叔叔引導他用手指滑過黑白照，滑進內褲裡漸漸勃起的陽具。

好多年後，一直在闇黑中尋找故事的線索的他，跑遍影展累極的休憩時光，在蒙特婁男浴羅馬泳池中，任由一個黑人用靈巧的指頭彈奏樂器般在水裡玩遍他全身，恍然了悟他最初的finger sex在那個比福克納小說《給愛蜜麗的玫瑰》還詭異的景美老舊公寓中，藉由充滿色情意味的怪叔叔老早教會了他。鐵皮書裡的小男孩提早長大。

書頁翻轉中掉落泛黃的剪報，那是民國七十七年「玻璃圈新公園之狼」落網的社會版新聞。剪報照片中的男狼面目已經模糊仍不掩俊美逼人。男孩是在落雨的蓮花池畔八角亭邂逅這匹狼的。幼嫩稚氣的大學男生怎麼逃得過寂寞冬夜狼的追蹤。狼還頗費了一番心思在參茸酒下藥慢慢迷昏他，渾身沒有力氣的他被帶到小旅社床上失去意識前還記得，狼好細心溫柔地脫光他，在氤氳的碎馬賽克池子裡和他纏綿共浴。在完全昏厥之前他其實一直憋著沒告訴狼，狼長得這麼俊美身體如此挺拔，根本不用下藥他也會乖乖和他上床。

花生花落。性的視覺的快感複雜度隨時光飛梭累積，他和不同的前B們開始懂得尋訪俗豔的汽車旅館對著所有的鏡子大幹三百回合，滿滿都是身體陰莖與屁眼。在上昇的暈眩中初嚐視覺群交的快感。很久之後，他開始學會用紫外線夜視功能DV拍下最炫的性愛光碟，留下如同劇場一晚一個生命的美麗時光。

一直到青年公園成為台灣gay beach他才懂得一枚渾圓無瑕的屁眼是如此的人間至樂。沖澡間總有誘人的底迪無邪地以屁眼向你召喚，一起騎了車吃完建中黑糖剉冰就是如奶蜜甜糖的幹底迪床戲。IKEA夏日涼床上好多美麗的男孩永恆停留在他們高潮來前童稚的眉頭微蹙，屁眼戲劇性地陡地縮緊我也忍不住要射了的迷離K世界，我想起古典的英國文學史課堂上那些草原芬芳的下午。男孩們滿足的輕喟很快在你身上趴著睡著，包裹著他們青春身體的甜淡香味，穿透裊裊迴繞的Rush餘韻，直撲鼻端讓我跌入底迪歲月曾經那麼無邪的往事如煙。

老去的男人後來綿延璀璨的性史再也沒法像古典時期那麼甜美可人了。隨手翻到一頁，聞了Rush嗑了E用了勾媚兒的性愛體驗，在鐵皮書裡用最複雜的符碼象徵交互指涉，都難以取代陰莖屁眼乳頭霎時的萬般感受。一沙一世界，蔓延展開成花花天地。屁眼生出花朵，陽具是燦爛的樹。他感到自己的身體變成一本巨大的鐵皮書，鏤刻著感官的年輪和耳語的密碼。在我耳邊輕輕呢喃，身體就是記憶。

彷彿乙醚的記憶朝你而來，離我而去

過度的愛與相信使人不潔，失去節制。

——聖・奧古斯丁

一九九一年的初冬清晨薄霧，南投松柏嶺平坦的野地，中華民國陸軍的師對抗如夢幻泡影地進行著。當年小兵的我，在野戰大砲寂寞的陰影下讀著馬奎茲的《愛在瘟疫蔓延時》。我慢慢走向費爾米納和阿里薩長久互望的漫長星期二下午，那些靜謐的下午充滿了濃厚的東方花茶與咖啡氣味，我漸漸在計算兵專屬的粗礪木桌上睡去。薄霧散去，天空大亮，中午了。砲一車轟隆隆到達，我一抬頭，看到車尾坐著我的愛人老羅，黝黑粗獷精神奕奕。他眼神堅毅深情，一路尋找著我。

晚上我們總是到純樸的民家洗澡，一鎖上門，老羅和我熾熱摸索彼此。滑膩的肥皂泡沫穿過我們的股溝，我們挺直的陰莖。門外的部隊同儕不耐地敲門問詢，春光乍洩的梁朝偉啐了口水，猛烈進入張國榮，沒有ＫＹ，沒有保險套。這是我們最初芬芳的乙醚記憶，在意亂情迷的夏夜，穿透了層層記憶而來。

後來，我總運用擔任連上行政兵的特權，把老羅也弄出營區一起出公差。他會陪我去桃園很聳的ＭＴＶ看那種很悶的藝術電影，有次看了賈木許的《神秘火車》，我震撼到說不出話來，老羅卻一路碎碎念把我罵到臭頭。然後我們習慣去火車站前面的成功大旅社，休息兩百元，經濟實惠。兩個大男生開房間休息一定尷尬，還好我們當兵穿軍服，就說要補眠就是了。房間老式但乾淨。印花的窗簾布一拉攏，刺眼的陽光溫潤成淡黃色。床上是折疊成女性生殖器官形狀的大花棉被，有一套簡單的沙發和化妝台，桌上總有廉價的台式熱水瓶，要啵一聲大力拔開瓶塞那種。

那一天，做完愛我睡著了。老羅得先回營區。突然警鈴大響，我昏昏沉沉好像聽到「失火了」「失火了」。確定不是夢，我拼命從七樓的房間往下跑。電梯沒法搭，一群狼狽的人搶下樓梯。還好火勢沒有蔓延，可底下已圍了一大群人。我慌張繫好鞋帶綁好綁腿想不要那麼倒楣碰到憲兵我就完了。突然聽到老羅大喊我的名字，他全身是汗比我更緊張狼狽朝我跑來。

我相信這輩子再也找不到比老羅更愛我的另外一個人了。

可是，好多年來我竟刻意忘掉和老羅之間的任何記憶。那麼濃的愛也許正是無比鋒利的兩面刃。我有好多年都不記得和他之間發生的事情，就是不記得，我頭痛欲裂地完全空白，怎麼回想也不知道後來究竟發生了什麼，後來我究竟怎麼熬過那些突然空白的時光的。

然後，在一次演講中，受暴記憶竟毫無預警地溜到我的唇齒。我突然就說出我記起的事。我記起和老羅在一起七年之後，雙方的感情走不下去了，我們花了整整一年的時間談分手。他怎麼就是不放手。我只是輕描淡寫地說老羅在我們枕頭底下藏榔頭。「後來我發現枕頭底下藏的東西越來越多……」全場觀眾忍不住笑起來。我跟著全場一起哄堂大笑，笑得淚水從眼旁滲出，來不及擦拭。

我根本還沒有準備好怎麼面對這段記憶。

演講完，一個眼神哀傷的女孩等全場觀眾走完，靜靜看著我，握緊我的手告訴我，「我知道你剛剛在說什麼，我知道的。」那天晚上，我怎麼再也睡不著了。分手兩年，不敢談任何感情，埋首於工作的我，在陌生女孩善意的眼神中，第一次小心翼翼重回記憶的現場。

那一年，我和老羅都剛退伍，我繼續在補習班教英文，努力存錢準備出國留學。他是油漆工人，下工後愛喝小酒，和朋友打電動玩具和柏青哥。我們沒有共同的朋友，我討厭他的狐群狗黨，他覺得我的朋友都是外星人。我們兩人

中華民國軍人身分補給證
兵籍號碼
A737702
姓名
陳俊志
81年8月2日止
退伍令

一旦吵架，沒有緩衝地帶，沒有中間調停人，只有兩個人硬碰硬對幹。年輕的我們總是不明白，有些時候，再怎麼深刻的愛情是跨不了階級這一關的。

那一次吵得極凶，互不相讓，他氣到把他勸架的朋友推出去，鎖起門開始揍我。他的朋友在門口一聲聲喊著，他的拳頭還是揮下來。時間好像瞬間凝凍，我獃住了，全身僵硬無法回擊。小小的房子裡嗶嗶啵啵我聽到極細極尖的剝落聲響，我知道有些東西永遠失去了。

我們還是相愛，兩人絕口不提那一刻。一直到第八年，他知道他再也無法挽救這段感情了，藍領的他說不出心裡的痛，沒有語言和我溝通，鎮日買醉，瞞著我買毒品吸安非他命。終於，他施暴的頻率讓我害怕到，苦苦哀求我很T的女性朋友住到我家客廳保護我，確定他沒有把我殺掉。

他咬牙切齒，因愛生恨噴著火的眼神在黑暗的房間獰瞪著，刀子架在我脖子上，一吋一吋威脅著就要割下，我閉著眼睛不敢看不敢想，不知道痛苦是什麼時候結束的。四面都是牆壁，我找不到逃開他的方法。

我的逃家計畫籌畫了一年才成功，趁他不在家的兩個小時，十幾個朋友一共開了六輛車，快手快腳地搬完我所有東西，緊接著換電話搬家東藏西躲了好一陣子。他下一通電話，又是酒意沖天憤恨著向我吼著，「我那麼痛苦，我也會要你死！」

我又不斷地換電話，找了鎖匠加了好幾道鎖。出門回家總是張望再張望，確定背後沒有人。我充滿悔恨地讀到《藍調石牆T》裡的小插曲。受傷極深冰霜封閉自己的石頭T傑斯，在紐約破爛公寓遇見寂寞的黑人扮裝皇后羅斯。兩個沒有過去，沒有性別，只剩名字的邊緣人試探彼此結疤的傷口多深多黑。石頭T傑斯終於癱坐在椅子上，「曾經我想要改變這整個世界。」他深深地吸了一口氣，繼續說完，「現在我只希望活得下去。」

被傷害與被侮辱者，佩戴了隱形的印記，夜半時分在街上走著，彼此深深看了一眼。我知道現在夜幕已經低垂。

蜿蜒的山路與長久的凝視

他一直以為父親再也不能傷害他了，他已經三十歲了，剛拍完他的第一部同性戀影片，公開出櫃，在國際影展贏得掌聲與榮耀回來。穿過蜿蜒的山路，好多往事隨著熟悉的山風一路吹拂，他回到新店老家送生活費給父親。一進門，父親要他跪在陳家祖宗牌位前懺悔，罵他敗壞門風，不知羞恥，大聲斥喝要他重新做人。他在心裡冷笑，不知父親從哪學來這些台詞，過時而拙劣，像模仿一個寫壞的劇本。他無法忍受，從新店的山路直奔回永和的租屋。那個中國過年他再也沒有出門一步，鎖在屋內來回踱步，像自己跟自己講話的鬼魂。

他一直以為自己一定能夠毫髮無傷，他已練就金身，父親絕對傷不了他。他有酷兒理論他有同志運動他有親愛的男友社群資源知識。經過努力，整個社會幾乎已經站在他這一邊，政治正確，諒解寬容。他還是過不了父親那一關。父親那麼輕易就擊倒了他。他發現自己永遠無法逃離父親。一步都沒有離開過。

我有整整三年不曾與父親說過話，用無聲的方式倔強地向他示威。我避開所有家族聚會可能跟他碰面的場合，任姑姑們怎麼勸說，我還是拒絕和解。反正他不認我這個同性戀兒子嘛！姑姑們知道爸爸是我的死穴，她們一提起爸爸，我就翻臉走人。可她們還是苦口婆心，「再怎麼樣也是生你養你的親爸爸啊?!」我在心底冷笑。

那三年，我粉身碎骨地站在同志運動的第一線，說穿了，只因為我是個無父無家之人，反正也沒有什麼可以失去的了。在那段瘋狂的運動者年代，我有三次在電視上和李敖辯論同性戀的經驗。第一次我毫無準備，不知道他歪理這麼多，我慘敗而歸。第二次，我帶了哈佛大學學者寫的《中國同性戀史》，一字一句和他在節目上據理力爭。下了節目，我還把台灣買不到的那本書送給他。第三次，我記得是在台視的攝影棚，他還是滿嘴歪理，我也跟他夾纏抬槓，最後他連什麼北洋軍閥時代的「搞屁眼」之類唬爛都出來了，我氣不過，在鏡頭前面大叫「你這個老頑固！」我當時並沒有想太多，反正運動者有太多的架要吵，我也沒有特別記得這件事。

三年之後，我第一次回新店老家過年。三姑姑施展柔情攻勢，說她們全家要一起回新店吃年夜飯，要我一定也要回去團圓。她說爸爸這些年來改變很多，每年都會到恩主宮去拜拜求籤問同性戀的事。解籤的人每回都不同，可是答案都類似——那是不可改變的，該改變的是你自己。一次兩次三次，答案都是一樣，頑固如父親也軟化了。俊志，回家吧，你爸爸早就想叫你回去，只是他跟你一樣嘴硬說不出口。

年夜飯十分尷尬，還好有三姑姑全家人陪我。大家假裝沒事吃著豐盛的年菜，爸爸淡淡講起，他說我不肯回家的這幾年，我上的電視節目，我在報紙上的報導他都有看。一向把李敖當作偶像的爸爸說，「你和李敖辯論那次，你講得很有道理。」大家都繼續夾菜，沒有繼續這個話題。

吃完飯，爸爸要我去儲藏室幫他搬東西，年老背痛的他已經搬不動重物了。翻箱倒櫃，爸爸找到好幾個巨大的攝影腳架，要我看看拍片能不能用，帶回台北去。年代久遠的腳架沉重，一看就知道是用極好的鋼質製成，但那是攝影棚靜照攝影用的，我拍攝影片其實完全用不到。我還是搬回台北。

一路上我不斷想著，往事是什麼，我從敗落的家而來，費盡努力，希望改變家庭與自己的命運。父子關係裡我不斷被父親傷害，即使在我成年之後。我在創作中，偷偷安慰自己，那些都過去了，我可以強壯健康，不被往事影響。

但我還是小心翼翼，和父親保持距離，深怕再被傷害。

*

爸爸在新店山路轉彎處，騎摩托車出了車禍。他這幾年一個人獨居，靠美國的弟弟妹妹寄給他不多的生活費，加上老朋友同情他偶爾去家裡打牌抽頭過活。可是爸爸從來都沒有主動伸手跟我要過錢，在這一點上，他倒是一直很硬氣。

他摔倒在山路時，可能有點嚇呆了，警察問他的姓名地址，他完全想不起來。

然後有一天早上，三姑搬家，要我載爸爸去看牙。看得出爸爸很羨慕三姑花了六十萬整修後，平實無奇，住起來卻很舒服，可以養老住下半輩子一生的家。爸爸現在很柔和，羨慕歸羨慕，也是淡淡的，老人的平和，接受現狀的一切。

牙科診所擠滿了人，都是像父親一樣沒有生產力了，儉省極了的老人家。上次，三姑幫爸爸算過，就算每個禮拜都有人去打牌抽頭，一個月也才賺四千塊吧。難怪看完牙我帶他去隔壁星巴克喝咖啡，我點了兩杯咖啡加了一塊紅莓蛋糕，一共一九〇元。爸很關心地問我多少錢，他怕太貴。

看到他開心地慢慢啜飲著加了牛奶的本日咖啡，很享受地把它喝完，我很驚訝，我一點都不知道他喜歡。我只知道爸爸有糖尿病，我一點都不知道他可以喝咖啡。其實，我從來不曉得父親的口味以及任何嗜好。有種細微的感覺在

如意
吉祥

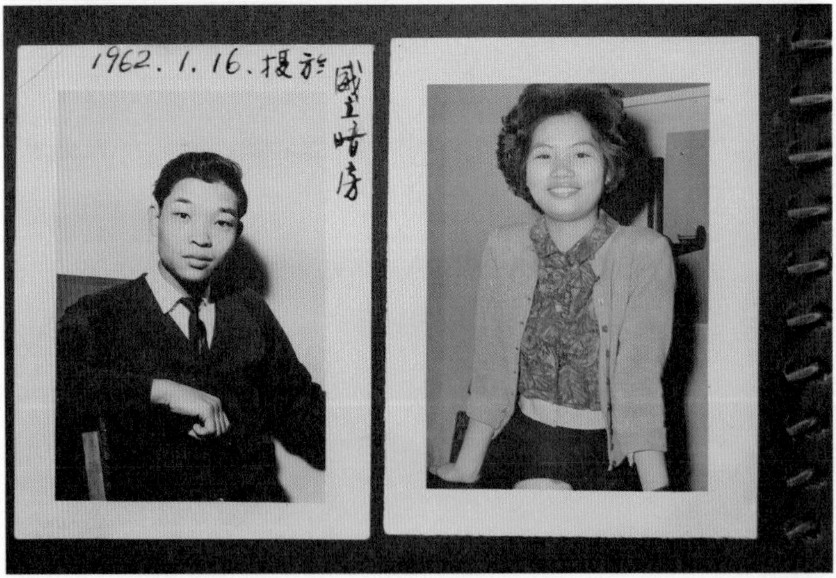
1962. 1. 16. 攝於
國立暗房

我心中甦醒。我問他二姑姑和二姑丈辦離婚的事。他說，條件沒談攏，二姑不肯簽字。爸爸倒是喋喋不休，一直講起他怎麼幫忙三姑姑調水泥，搬石頭，砌花圃，一些整弄房子，我沒什麼興趣的細節。他可能很有成就感吧。

我幾次直視父親的眼神。他沒有躲避，也沒有專注看我，只是一心一意說著那些弄房子的細節。我想藉著眼神看出彼此諒解的程度。也許，父親沒想那麼多。星期六的下午，只是很難得，疏離的大兒子剛好到三姑姑家，載了他看牙，難得父子喝了咖啡，聊了天。兒子給他三千元。

難得和父親見面，看到他變得那麼老，讓我羞愧，讓我覺得自己不完整。我知道自己不是個好人，再怎麼努力都不是。

被留在台灣獨自長大的我，渴望知道美國家人生命的真相。
偶爾看到一個切片，卻總是月之暗面。

有光的對岸，月之暗面

Full Moon in New York

Skips 49
all times
5052

媽媽的褐石公寓

三十年來，我一次又一次在航空信封上寫著，
48-03, 108 Ave, Elmhurst, Queens, NY 11373, USA
比我在台北任何暫時的地址更記得牢，
那是媽媽皇后區的老公寓。

我三十年來到達不了的地方。

1

外婆的所有兒女們約莫都是在三十多年前移民紐約的，也就是，阿姨和舅舅們的九個家庭浩浩蕩蕩地「搬家」，我是說，搬了一個國家。

每次在皇后區的家族聚會中，我總是口拙而尷尬。ABC表妹們看王穎的《喜福會》真的哭濕了八條手帕。她們的英文又溜又快，可又保留了諸多華人特色。外婆九十高齡過世，身穿大紅壽衣躺在棺木裡，臉色紅潤像生前一樣福泰，阿姨舅舅們一圈一圈地繞著棺木，在美國生活了三十年的她們，一直以外婆為維繫家族團聚的重心。

九個家庭一個有一個的移民經。阿姨，姨丈，舅舅，舅媽，加起來十六個人，民國六十年代一到紐約，反正男的大概先到大姨丈開的中國餐館洗碗打雜，女的不是洗衣店，車衣場，就是餐廳女侍。大姨丈很兇的，大舅舅手上現在都還有被油鑊狠狠敲打的疤。六姨丈則思鄉情濃，早期紐約很難看到中國人。他一到星期天，就一定千里迢迢從皇后區搭地鐵到曼哈頓城裡，要到Chinatown去看中國人。

然後，大概二十年前，所有的阿姨，姨丈，舅舅，舅媽，包括我的媽媽和妹妹，因為在Chinatown世界書局，無意中買到一本手寫影印的「美國郵局考試密笈」，全家人死背活背，每個人都考一百分，全都考進了郵局。她們一致認為，「這是全美國最好的工作！」

經過三十多年的打拼，每個家庭現在都好過了，經濟安穩，有車有房，表弟表妹們都是長春藤名校畢業。萬聖節感恩節聖誕節，每個家庭準備一道菜

三十年來，媽媽就靠這棟紐約皇后區的老公寓，隔海餵養了我們瀕臨破碎的一整個家庭。

potluck聚餐，一整個餐桌豐盛極了，交換禮物鬧聲隆隆。妹妹和弟弟一直不喜歡這樣熱鬧滾滾的家族聚會，因為他們兩小時候借住紐約上州五阿姨家，寄人籬下，很有些陰影。

我從來一直在台灣自己孤單長大，在這樣的台美家族聚會中更是個冷靜的觀察者。我感覺，和同輩比起來，弟弟和妹妹不算是適應良好的第二代移民。在美國主流社會中沒有位置，回台灣闖蕩又不見成績，終究回到紐約，過著不上不下的人生。

表弟表妹們個個長春藤名校畢業，NYU史丹佛哥倫比亞，順著美國穩定的階級潛規則，按部就班進大公司，薪資福利樣樣不差，交換禮物總是Gucci、LV和Tiffany。不像一輩子節儉的媽媽，總是趁著季末大折扣，排隊搶購出清的GAP或Old Navy，在街角的九毛九雜貨店買廉價包裝紙，郵局夜班下班後，戴起老花眼鏡，一包一包用簽字筆寫上給各家小孩的禮物。在下雪的聖誕夜，手牽著妹妹的小女兒Ellen，隨意燉了一鍋牛肉，急匆匆趕往阿姨家的聚會。而妹妹上了中學的兒子Jordan，開始懂得這樣階級的差異，跑來我耳邊抱怨，「大舅舅，等下各家交換禮物的時候，你負責送阿嬤的禮物喔！好丟臉喔，我不敢送啦！他們都送好貴的禮物給我和妹妹，然後阿嬤每年都買好便宜的東西！」

我是台灣偶然造訪的家族客人，我不在乎暫時的丟臉。我幫媽媽分送她寒酸的禮物，將每家阿姨表妹送給Jordan和Ellen堆積如山的昂貴禮物好好收起來。我知道媽媽沒時間體會丟臉的滋味。弟弟跟妹妹根本不肯來參加這樣的家族社交，媽媽一個人，又要照顧兩個孫子，還要應付那麼多瑣事。媽媽甚至在餐桌上累到打盹，阿姨們紛紛取笑，「俊志，你媽媽最好命了，再怎麼吵都能睡著。我們一起在郵局做工啊，她中間十五分鐘break都能在廁所睡著！後來你老媽多天才啊，進廁所隨身帶一個小鬧鐘耶！」

2

家族餐會輪流在阿姨、舅舅們家舉行。媽媽卻從來沒有在她買了三十年的老舊公寓招待親友，舉辦potluck家族盛宴回請大家。原因很簡單，一直到現在，媽媽還是把三層樓的公寓分間出租——連地下室都違法出租。對比於阿姨舅舅們中產社區的寬敞家屋，獨門獨戶，紅木家具，灑水草坪……，媽媽一輩子靠這棟破舊的老公寓收租，每週每月與拖租欠稅的單身漢新移民周旋，陰暗的樓梯間不時傳來福州話溫州話馬來話。在僅留自住的的狹小空間裡，媽媽哪裡敢邀請人數眾多的親戚們來聚餐。

我曾經陪母親收租過一次。那是一個白人單親媽媽，東歐移民，在小學當老師，帶著小女兒跟媽媽租房住已經快十年。這幾年紐約房價大漲，媽媽從來不隨便調漲房租，主要是因為媽媽覺得自己英文不好，移民美國能考進郵局做工，能有房子收租，已經夠幸運了。自己一樣一路辛苦走來，她一直體諒新移民的處境。

小學女老師經濟狀況不好，常常拖欠房租，隔幾個月再補齊。這一年來更誇張，整整積欠了一年的房租，避不見面，手機總是關機。她答應媽媽，聯邦政府退稅之後，她保證會還媽媽房租。媽媽把答錄機的模糊留言聽了又聽，深鎖眉頭，要我幫忙再聽一次。

我知道媽媽並無積蓄，這些年來償還弟弟的賭債，妹妹幾次和妹夫開中國餐館倒閉的欠債，加上寄錢回台灣幫我付頭期款買房子，兒女一直是她的無底洞。這筆房租收入對她很重要，她煩惱著這筆錢要如何追討。加上最近媽媽出了個不大不小的車禍，雖然沒有大礙，只有手受傷上了石膏，但是車子撞爛了，得買新車。其實媽媽六十幾歲了，又有老花眼白內障，一直不喜歡開車，要不是為了越州到紐澤西郵局上班，打死她也不願意開車的。

打著石膏的媽媽的手，敲打著單親女房客的房門。她的房門細心張貼著孩童筆觸幼稚的鮮豔蠟筆塗鴉，一看就知道是個重視小孩的美國家庭。媽媽要我陪她去收租，幫忙她聽懂英文。我們一進屋，客廳原本坐了一窩小孩正在嘻玩，立刻鴉雀無聲，桌上散落著披薩可樂，還有一堆蠟筆玩具。單親女房客忙不迭把我們迎進廚房。

廚房的大圓桌堆滿了未拆封的信件帳單，毫無空隙，我瞥眼看到洗碗槽裡油膩的杯盤狼藉。東歐女房客戴了付遠視眼鏡，胖胖的身軀顯得十分緊張。媽媽的臉色也十分蒼白難堪，用簡單的英文重複的說，I had car accident, I can't work, so I don't have money. You have to pay me rent. 媽媽在美國二十多年，英文始終只學會最基本生存所需。媽媽怎麼也發不出 so 的音，總是用國語「所以」含糊帶過。但是在美國討生活，媽媽常常須要解釋自己的處境，她的英文總一直夾帶「所以」「所以」。

那東歐婦人慌慌張張，拼了命在餐桌上要找出銀行證明她的戶頭已經被凍結，怎麼找都只有皺成一團的各式帳單，一隻好大的蒼蠅在廚房嗡嗡飛著。婦人放棄了，她向我們告罪她緊張得胃痛，一定得喝點東西。也不理我們，她逕自轉身打開冰箱扭開一大罐低卡可樂，就著口咕嚕咕嚕喝下。我注意到她背對著我們，微微顫抖著。

媽媽在美國三十多年，英文始終只學會最基本生存所需。媽媽總是皺著眉頭，在廚房的小桌子前，處理每天成堆的帳單，並且用她拼湊出來的簡單單字，填好在美國生活所需的各式各樣的英文表格。

媽媽仍然哀哀重複著她簡單的英文句子，不停秀她打上石膏的左手掌，請她至少要先付這個月的房租九百塊啊！

3

三十年來，媽媽就靠這棟紐約皇后區的老公寓，隔海餵養了我們瀕臨破碎的一整個家庭。我還記得在美金換台幣一比四十的古早年代，媽媽固定寄來我們四個小孩的生活費，我和姊姊總是要從新店搭客運，一路轉車到當時住龍江路的外婆家拿美金，然後去衡陽路的地下銀樓換成台幣。外婆的臉總是很臭，她不懂離了婚的媽媽為何還要負擔這四個小孩的生活費?!

有一次過年，我們去外婆家的時機很不湊巧，被爸爸倒了錢的一個遠房親戚正在外婆家咆哮，我們躲在龍江路公寓的樓梯間好久好久。外婆終於派發了四個紅包給畏縮的我們，用很重的語氣教訓我們，「這些錢都是你媽媽在美國洗衣店做工一毛一毛賺來的！」

那天終於拿到媽媽寄來的美金之後，姊姊帶我們去遼寧夜市買有名的烤玉米吃，那是當時難得的奢侈之味。大火烈焰，一粒一粒的玉蜀黍卻烤得焦黑，硬到難以下嚥。少女的姊姊一貫溫婉，並沒多說什麼。喜洋洋的過年時節，她帶著穿著僵硬的新衣服的弟弟妹妹們，走過熱鬧的攤位，一路無語，臉上沉鬱著不屬於她青春年華的難堪。

姊姊帶著難得從新店鄉下到台北的我們，去看了春節大片《燃燒吧！火鳥！》黑暗的電影院中，我繼續把冷掉的焦黑玉米吃完，光影閃爍中童年熟悉的台北已成他鄉異國。我們沿著龍江路一直走到南京東路，走經過爸爸被法院查封的彩色沖印公司舊址。我們沒有人停下腳步，繼續往前走。這棟房子原來是外婆的資產，爸爸當年發跡之後，氣憤當年外婆瞧不起他這個新店的窮小子，賭氣高價向外婆買下，豪賭式地拓展他的事業版圖。

從小我們就訓練有素，會幫忙家裡沖洗照片。上官靈鳳、崔苔菁、鳳飛飛，好多女明星當年會一次沖洗一千張黑白照片，在電視台攝影棚嬌滴滴地簽名發送給觀眾。爸爸整個公司的員工徹夜趕工都來不及，每一台機器不停運轉，鬧烘烘地挑燈夜戰。負責幫公司煮飯的大姑姑，熱騰騰地準備一道道夜宵，炒米粉，芋頭粥，比農家收割時節還豐盛。我們小孩子幫忙晾曬相紙，剪紙裁邊，三乘五，四乘六，家家酒似地歪七扭八，一個個不支倒地睡著，被媽媽一個一個抱上樓去。

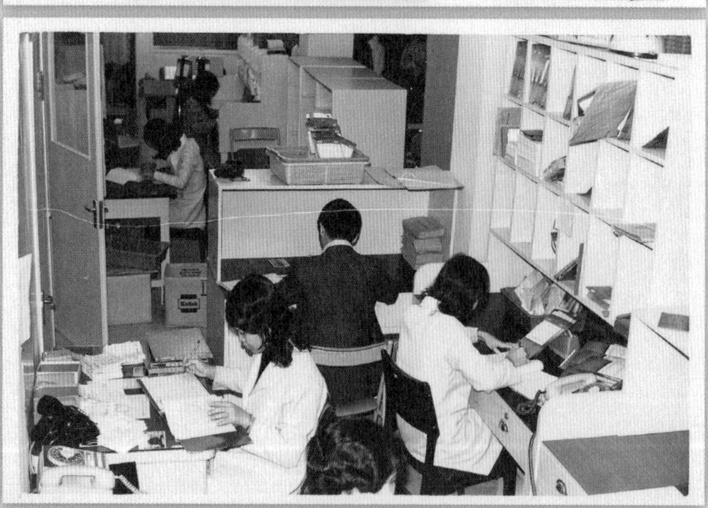

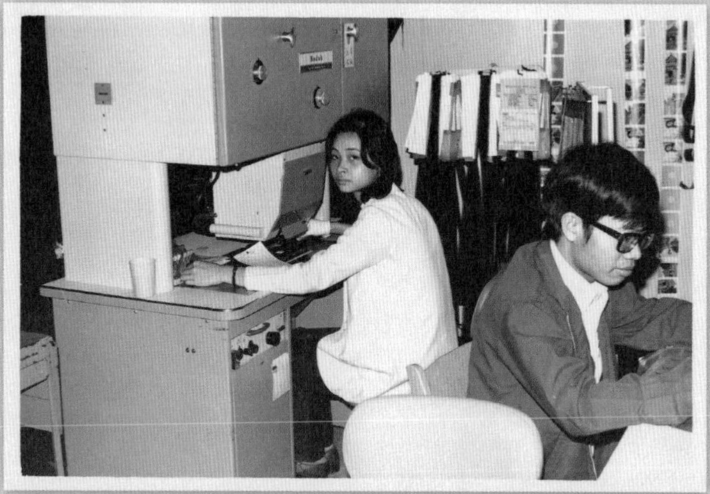

當年爵士彩色的員工在沖印照片的機具前忙碌工作。

父親可能在民國五十一、二年吧，我都還沒出生前，就在中華路巷子（那一帶附近的博愛路，到現在還是著名的相機街）開了第一家爵士，在民國五〇—六〇年代，父親的爵士彩色越來越成功，全盛時期全省開了七家門市部。但也因他擴充太快，導致他失敗的命運。現在的爵士老闆，是當年父親倒閉時的合夥人總經理吧，好像是姓范，我並不認識。

我想，對我的父親而言，往事更是複雜難解的。他是台灣柯達第一代暗房師傅，有許多同業。他當年自己開業發跡，民國五〇，六〇年二十年的榮景，庇蔭了很多他帶出來的徒子徒孫。而早期暗房技術的傳承，當然也隱然服膺那個年代所有專業的養成，沒有例外肯定是嚴格的師徒制度。

父親個性剛正，對人對己都很嚴格，在我看他，他當年會從繁華的頂端一夕失敗，也許也是他那麼的剛烈的個性使然。可人情冷暖，如我文章所寫，昔日王謝堂前燕，飛入尋常百姓家，我們這種滄桑孩子看得透了。父親享受成功頂端的年代至少二十年，可他之後也嚐透了三十年的涼薄的人情。

雖然，我到今天還是覺得父親的失敗有他必然的原因，可是這麼多年來，我這麼冷靜地看著我這個失敗者父親，我必須承認，他的確一輩子剛正不阿，我某部分，深刻繼承了父親這一點。

爸爸生意落敗之後，好幾次外婆、阿姨姨丈們聯袂來跟父親討債，爸爸一貫以高利為誘因，廣向親戚朋友借錢不斷開新的分公司，外強中乾，終於一夕倒閉。我看著他們辱罵著爸爸媽媽，上下穿梭，拿走一切可以搬走的機器家具。南京東路的房子變的好大好空曠。二樓有一個神秘巨大的儲藏室，廁所在一樓黑暗的所在，只剩地板還鋪著暗房沖照片留下的藍色塑膠防水格子。

爸爸開始常常在深夜起身，自己在一樓坐著抽煙，一片黑暗。媽媽白天牽著我們到對面華航旁邊的菜市場買菜，從公司櫃台的抽屜拿一些零鈔，手寫一張借據放進去。

我從敦化國小放學之後，和全班同學直接到臨沂街的女老師家補習，補完已經天黑，還是不想回家。自己辦了洪健全視聽圖書館的兒童閱覽證，從臨沂街搭大有巴士過去。有一次太睏在公車上睡著，醒來竟然不知身在何處。我在路上著急晃轉著，彼時南京東路荒涼遼闊，連路燈都閃爍稀微。回想起來，這種迷路的感覺從來沒有離開過我。在生命中時時接近。

4

外婆葬於紐約上州莊嚴寺清幽寬敞的墓園，每隔兩個月左右，阿姨舅舅九個家庭開著各個型號的BMW、BENZ名車，浩浩蕩蕩掃墓兼野餐聯誼，各家嘻笑講著各家的八卦。四阿姨嗓門最大，會大聲跟外婆報告今天有誰來看她了。「今天有新客人喔，俊志從台灣來，他以後會變成大導演喔，像李安一樣走奧斯卡紅地毯……。」

美國華人生活單調，李安《斷背山》入圍的那一屆奧斯卡轉播，所有人齊聚小阿姨剛裝潢好的豪宅盯著五十二吋的電漿螢幕，一路討論著各個美國小明星的穿著緋聞，熟悉的好像自家鄰居般親切。宣布李安得最佳導演的剎那，整個客廳歡聲爆開，小阿姨拿起準備好的香檳，大叫cheers呼乾啦！聽到李安用國語致詞答謝，「感謝台灣的家人」，客廳一陣沉默，我看見小阿姨的眼眶突然泛紅。

小阿姨是最晚移民來紐約的家族成員。九個家庭移民初始都窩擠在媽媽皇后區三層樓的老公寓，因為媽媽收租低廉，對弟妹們更是打折又打折，只收象徵性的房租。阿姨舅舅們因此省下紐約租房龐大的開銷，踏實攢下在中國餐館、洗衣店打工賺來的每一分錢，不到幾年都紛紛在郊區買了自己的大房子。

她們笑著回憶當年擠住在媽媽這棟老舊公寓的移民初期，一切因為距離開始帶著好笑的況味。那時大家多麼儉省啊，家家每天每餐都有榨菜肉絲這道

民國六十一年，外婆全家人在龍江路老家大合照。

然後，九個家庭一起「搬家」——搬了一個國家。

KILAUEA

三十年後，一樣是全家人在紐約皇后區的小阿姨家開新年派對，
小阿姨頭上還應景戴了個美國小孩派對上總愛戴的藍帽子。

菜，晚餐時間一到好熱鬧每家都在切榨菜剁肉絲。全部人只有老么小阿姨不知節省，有次還偷搭計程車去曼哈頓MACY'S百貨公司買了盞黃銅亮澄澄的檯燈回家，三層樓都開了窗戶細縫偷看，在背後罵這個老么怎麼搞的，像美國人一樣浪費?!

後來，小阿姨果然是所有家庭裡最「美國人」的，住郊區買豪宅，衣帽間比媽媽老舊的客廳還大，裡面滿滿都是貂皮大衣和各種型號的ＬＶ皮件。一切都是先享受後付款，所以小阿姨總被大家笑說她的貸款可能付到死都付不完，她還是債多不愁，每天一身叮叮噹噹去郵局上班。七阿姨很倒楣，跟小阿姨同個郵局，輸人不輸陣，只得每天打扮換裝拼了，七阿姨大聲嚷嚷，「不然你小阿姨每天穿得跟中國小姐一樣，我站在她旁邊不像個ㄚ環?!」

小阿姨最熱衷參加郵局的party，這樣才有機會她展示華麗的晚禮服，不過她去的幾乎全是花美金十元買餐卷的郵局老人退休餐會。每張拍立得留下的都是一對一對白人老夫婦伴隨著她妖嬌的倩影，酡紅的臉頰是她每次去party 撈本心態灌飽紅酒的戰利品。

小阿姨從小愛美，當年台北龍江路老家堆滿了她蒐集的芭比娃娃，和一期一期的《皇冠》《姊妹》雜誌，窗外六個夢莵絲花，瓊瑤的連載她如數家珍。小阿姨有次喝了酒有感而發，「還好我有移民來美國，不然我在台北頂多是個專櫃小姐，怎麼可能像現在，開BENZ住大房子?!」

5

紐約上州莊嚴寺看完外婆，大家吃了豐盛的素菜後，還是覺得沒吃肉不飽，提議到法拉盛的中國超市採買，順路繞去看看車禍在家休息的媽媽。一排名車好壯觀停在媽媽寒酸的老公寓前，珠光寶氣的阿姨們喀聳喀聳高跟鞋踩在木頭樓梯，一陣風魚貫而上圍著手打石膏的媽媽。七嘴八舌關心媽媽的傷勢。小阿姨意味深長看著媽媽說，「老三，give me a break，辛苦了六十幾年，妳該退休了吧。前幾天我們郵局一個老墨supervisor莫名其妙做工時咚一聲就死掉了，毫無徵兆耶，一下子人就走了……。」

家裡難得那麼多客人，媽媽興奮得聒噪多話，一直重複她車禍是小傷沒事，她今天早上還起了大早拖地，「把衛生好好搞一搞！」媽媽這幾年房客大多是中國新移民，她嘴裡不時開始冒出中國內地用語。我知道媽媽是寂寞的，和愛賭的弟弟同住一個屋簷下，弟弟卻總關在自己的房裡不理她。媽媽只能跟陌生人說話，跟任何肯聽她說話的人，絮絮叨叨重複又重複細瑣小事。好多親戚，總在媽媽不在的場合偷偷問我，「俊志，你有空要不要勸你媽媽去看精神科，她好多事重複講了又講，話停不下來耶?!」

我盡我所能在電腦上輸入所有我知道的精神疾病的病徵和相關症候群的名稱，一個一個核對他們和老去的媽媽的關聯性。

我努力留存的母親年青完美的形象，在她沉重的人生中早已毀損成在郵局做工扛郵包的平凡老太婆，駝背嘮叨卻手腳麻利，每天快步穿梭在皇后區的兩個中國超市，挑揀著晚上八點便宜的肉蔬和打折的麵包。有時間就幫妹妹帶小孩，和街上任何人都能聊天，好熱心傳授在美國討生活的秘訣，囉唆到每個人總是尷尬地落荒而逃。

我知道我的母親絕對不是一個幸福的婦人。一個女人披荊斬棘移民紐約二十幾年，媽媽心裡不曉得有多少說不出，記不起的辛酸痛苦。她總埋在心裡，我每次試探性問她二十年來移民的辛苦，她卻只挑快樂的事講。

我一路那麼努力地長大變成好人，生命中不斷看見月亮的陰暗面，我深知媽媽選擇認命，用沉默的勞動沒有算計地和命運搏鬥。她從來得一手撐天，否則，一鬆手，家就垮了。我悲憐母親，渴望媽媽釋放痛楚，得到平安快樂。

月娥

一直走，一直走
走回法拉盛

二〇〇一年，九一一美國遇襲那年，我在台北看中視新聞紐約特派員石安妮，站在曼哈頓街頭實況播報，背景街道煙霧瀰漫，雙子星大樓攔腰斷裂的畫面一再重播。我很激動，連打了兩天國際電話打不進去美國，深怕家人有事。等到電話終於撥通，媽媽居然神經大條的說，她每天郵局上夜班累都累死了，忘了打電話回台灣給我報平安。一切沒事啦。媽媽說她上班都有固定路線。她又那麼節省，不可能去曼哈頓shopping，雙子星離她遙遠。

當時在維吉尼亞州開中國餐館的妹妹Rose，接到我的問候電話唉聲嘆氣。「餐館生意本來就已經很爛了，現在可能要打戰了，美國人都沒心情吃飯了。我真不曉得FBI在做什麼，我們每年繳那麼多稅，結果FBI笨得跟白癡一樣，World Trade Center那麼大一棟還顧不好。我們繳稅不知道繳到哪裡去

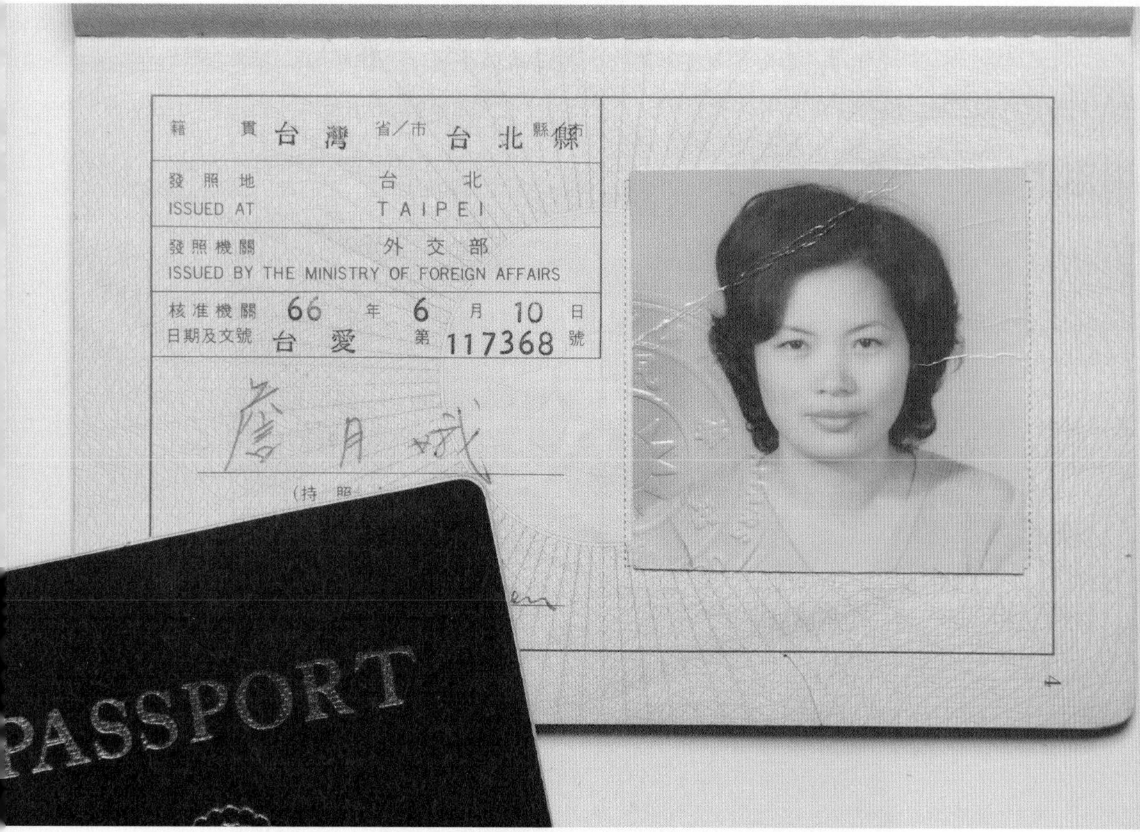
籍 貫 台灣 省/市 台北 縣市
發照地 台北
ISSUED AT TAIPEI
發照機關 外交部
ISSUED BY THE MINISTRY OF FOREIGN AFFAIRS
核准機關 66 年 6 月 10 日
日期及文號 台愛 第 117368 號
PASSPORT

我的妹妹Rose、妹夫Albert、外甥Jordan，和小外甥女Ellen，全家人在妹夫開的中國餐館廚房裡。

了？」妹妹很有傻大姊的豪氣，講話很爆笑。

「我有一個朋友才倒楣哪，她大肚子懷孕在曼哈頓餐廳打黑工，結果早上爆炸，全部人強制疏散，整區清空。又怕恐怖份子放炸彈，地鐵啊巴士啊全都沒開。我朋友她英文不好又沒身份，跟著人潮挺著肚子走了七八個小時回法拉盛，這兩天就早產了。」

妹妹一邊順便抱怨起她老公。「我罵我這個朋友說妳笨喔妳幹嘛走路，美國社會福利這麼好，妳明明大肚子可以叫警車送妳回去的，幹麼自己白白走這些冤枉路?!沒身份就沒身份，警察哪裡會知道妳沒身份。他們這些人就不知道在怕什麼?!以前Albert也一樣啊，有次上班出車禍，是對方撞他的哎！他居然把車放在那裡不管，自己坐地鐵回家，就怕警察來他不會說英文。」

我當然知道妹夫Albert心底在怕什麼。妹妹這第二個老公Albert是從福州偷渡來的。他十九歲那年坐船到中南美洲，深夜徒步越過邊界進入美國。Albert和我妹是戀愛結婚，不過Albert介紹了福州女孩阿婷跟我弟結婚就是買賣婚姻了。阿婷家付了六萬美金給我弟弟。媽媽很滿意，剛好還掉弟弟大西洋城欠的賭債。媽媽要我趕快辦美國公民可以也賺一票。我說我是 gay耶，我媽說沒關係，反正中國大陸沒有同性戀這回事。

我問過福州妹夫他剛偷渡來美國的狀況。「很慘啊，在船上都沒什麼東西吃，都吃罐頭，完全沒青菜，吃到要吐。躲在船底很擠，整天有人打架。不過沒有像電影裡演的那麼可怕啦。」Albert苦笑說剛到美國，最慘的反而是半年沒機會講到一句中國話，只能比手劃腳，完全是一個啞巴。因為蛇頭直接帶他們到紐約的職業介紹所，馬上被挑走，到外州餐館打工還債。外州餐館的勞動條件差，沒人肯去，都是外籍勞工。從福州的渾沌少年突然置身康州都是Amigo的廚房，他的青春鎮日悶著頭洗碗洗菜。Albert的美國夢和好萊塢版本完全不同，他的人生和大半的美國社會互不干涉。

維吉尼亞夜風習習，深夜下班的他身態疲倦一如中國內地的農夫，讀著晚到兩天的《世界日報》，瞄到女兒Ellen小小的手腳動啊動。

熱騰騰的中國炒飯

我的外甥，妹妹的兒子Jordan，是妹妹Rose和第一任丈夫小強所生。小強生性好賭，蒐集職籃職棒卡就等增值，自然希望兒子長大以後變成金光閃閃的喬丹。妹妹嫁給這樣的老公會離婚收場，任誰都猜得到。可是妹妹當初為愛盲目，誰也攔不了她。一直要到妹妹在人生吃盡苦頭，她才學到功課，不再橫衝直撞。其實某個程度，妹妹也是個愛的賭徒。

小強賭性堅強，成天搭發財巴士到大西洋城賭博。他還慫恿弟弟一起去，他可以騙到更多賭本。十賭九輸，小強輸光了回家找妹妹Rose吵架，吵到不可開交，三番兩次動手打她。當妹妹哭著說要離婚的時候，我和媽媽舉雙手贊成。我們陪著妹妹，舉家從紐約搬到紐澤西小鎮。

安靜的紐澤西歲月，媽媽、妹妹和我輪流照顧Jordan。當時留學美國學電影的我，好難得有了育嬰的經驗。我還記得有次是Jordan托兒所的「國際日」，三個大人準備了一天，炒了熱騰騰一大托盤很中國的蝦仁什錦炒飯。整個buffet現場我們家的菜最炫，最「為國爭光」。但是，在滿是白人的餐會中我們全家彷彿不存在的隱形人。小小的Jordan顯然沒有要好的玩伴，而白人家長們一邊親熱寒暄，一邊避開這個突兀的黃皮膚家庭。我們一家人尷尬地坐在角落，美味的中國炒飯早已成空盤。

一九九五年，我和我的母親，妹妹Rose和小Jordan住在荒涼的紐澤西小鎮，鎮上的白人大多是貧窮的藍領，卻和眼高於頂的曼哈頓白領一模一樣，壓根兒瞧不起亞洲人。媽媽那時移民到紐約已有二十年了，英文還是很爛，跟白人講話總是緊張兮兮。她只有在每天上工前的空檔，到小鎮Amtrak鐵路小站附近的

在整理母親過去從美國寄來的信件與航空郵簡時，我發現了媽媽的這兩張照片。照片已經被裁過，只賸下媽媽的臉。我已經不記得這是媽媽在台灣時拍的，還是到了美國之後才拍的。我也沒有問過媽媽為何她當時要裁掉照片。還有，她裁掉了什麼？

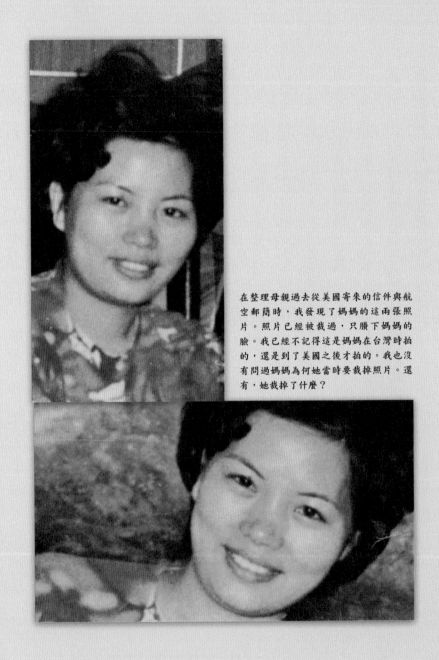

亞洲雜貨店買《世界日報》，買醬油時，她臉上那種緊張的神情才會消失。

Amtrak鐵路在這種小鎮上的車站大都簡陋無人看顧，走出鐵架樓梯往往只有一兩個旅客，偶然會在賣香煙可樂的破落小店買些小食。小店鐵門鐵窗森嚴鎖緊，只留下一個窗口遞東西給神色疲憊的旅客。

媽媽考進郵局做工十年以來，總是自願每晚上大夜班，貪圖夜班加給多出的薪資。她半夜下工時，微波熱著冰箱所有找的到的食物，一邊在餐桌上看《世界日報》，讀到一個一個她熟悉的中文世界的消息，新聞，甚至影劇版的八卦，回到她最熟悉安全的字的世界，語言的世界，一個字一個字咀嚼。我知道，這是我母親一整天勞動過後，唯一感到安全放鬆的時刻。

女工，我母親的一生

開始拍紀錄片之後，我陸續作了一些媽媽的口述生命史。某方面也是填補了我和她分離那麼多年的隔閡。她說起一九七七年來紐約之後，民國六十六年，父親開創的爵士彩色公司倒閉，為了養四個孩子，她從沒時間回憶過去台灣人生的挫敗。初抵紐約，媽媽寄宿在早已拿到綠卡，移民來美多年的大阿姨家。媽媽和七阿姨同擠一個房間，沒事也不好意思出房門，整個月只吃白土司和每天一粒蘋果，好久沒嚐過肉和白米飯的滋味。「那時候好奇怪也從來不會生病，美國人不是說每天吃蘋果永保健康嗎。」「我和你七阿姨哪裡敢生病，小孩在台灣還那麼小要我們養。我們都跟大阿姨說，如果我們生病不要送醫院，就讓我們死了就算了。」

七阿姨告訴我，她和我母親搬出去住的第一天，馬上燒了整整一鍋肉解饞。

我在紐約一邊回顧媽媽的口述歷史，一邊尋思如何找到曼哈頓上城九十七街波蘭老太太——我的母親詹月娥與七阿姨詹玉富一起搬離大阿姨家的第一個紐約房東。我亟欲補綴拍攝我生命中遺落的母親那些年的記憶。我的思緒飄啊飄，跟隨幻想畫面來到一九七七年的冬天，開始進入虛構。

月娥那年三十九歲，一切主凶，她按著地鐵圖找到了落腳處，終於不用和老七擠挨在老大家，一切總是不方便。搬出來那天，她們姊妹兩煮了一整鍋肉吃慶祝。

那時波蘭老太太管得嚴，這年冬天特冷，她們姊妹兩在暖氣不足的褐石公寓怎麼都覺得冷，月娥發誓她日後有機會作房東，一定不會讓房客挨凍。她

英漢對照
美國作家作品選1
卡波特小說集
湯新楣、顏元叔合譯

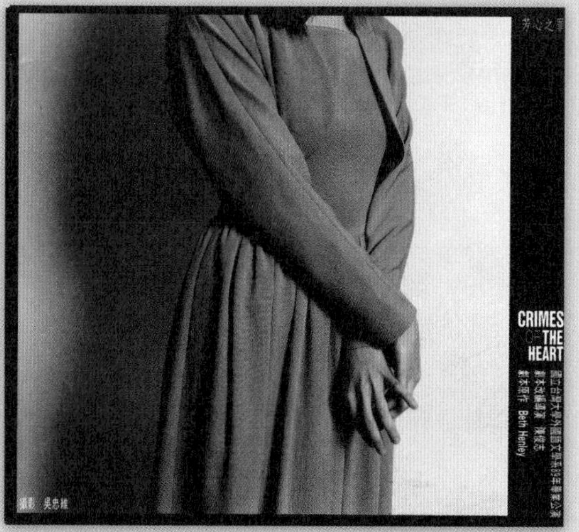
芳心之罪
CRIMES OF THE HEART
國立台灣大學外國語文學系89年畢業公演
劇本改編導演 陳俊志
劇本原作 Beth Henley
攝影 吳忠維

攝影：吳忠維

當然不知道，她的大兒子正帶著深度近視眼鏡在晃蕩的烏來公路局車上，背著landlord這個英文單字，要應付日後的高中聯考。她和她這個愛讀書的大兒子，更不會看到，幾年之後，她兒子在台灣考進最好的外文系，開始琢磨創作的神秘初始，就從紐約孤單的褐石公寓故事開始。月娥的兒子導了一齣英語舞台劇叫《美莉安》的，是這些年來翻紅的楚門‧卡波特寫的一則短篇故事改寫。

（我站在舞台的一角，光照耀下，舞台頂燈籠罩下的自己正喃喃唸讀《台北爸爸，紐約媽媽》書本的一頁。這一年，我已經四十三歲，正在澎湖七美拍片。我俯身在客房提供的簡單長桌上疾筆寫字，一邊激動地大哭。舞台布幕一路延展，穿越布幕就是海。離島的羊群沿著山崖一路往下走，嚙咬稀落的草地，危危顫顫。從遠方望去，似乎就要隨著淒厲的海風掉下海去。）

和母親分離的那些年，我在台北街頭常一晃神就瞥見我的媽媽老去的身影，我知道媽媽在養活我們的日夜工作中逐日衰老。台大對面公館大學口，那條便宜的川菜館子街，我喜歡去一家小店吃碗湯頭特濃的紅燒牛肉麵。那家麵店的老媽媽總穿著一雙破爛舊鞋，忙進忙出，佝僂著身體拿著舊抹布擦桌子。老婆子的墨黑膠鞋是破爛到補了又補，穿梭在油膩的磨石子地面，俐落的很。和我紐約老去的媽媽一模一樣，破鞋子上頭的廉價褲子總是短了一截，露出沒穿襪子的小腿。我知道我的母親最愛在皇后區地鐵站出口的那些風沙泥濘的韓國小店，挑選人行道上擺放的衣服，地鐵通風口的強風吹得她的身影更加矮小。Three for ten dollars, okay? 母親用早期移民者特有的蹩腳英文和老闆認真殺價，最後喜孜孜掏出十塊錢買了三件黑色耐髒的褲子。

讀高中時，建中後門寧波西街上有一排便宜的自助餐館，有一次我去盛湯，自助餐廳洗碗歐巴桑卻把我還沒吃完尚有食物的餐盤收走，我詫異瞪了她一眼，責怪她的粗心，一抬眼我卻看到那張老邁的歉疚的我的母親的臉。女工，我母親的一生。本鄉或異地，我不斷在最底層的勞動者的身影中，恍然看見我逐漸失去的母親。她們一列又一列，被命運和歷史的鍊條綑綁，頭也不回，一直往前走。

那一年，西門町加州健身房剛開幕時，色調冷冽，整個樓層閃現資本主義一絲不苟的潔淨藍光。我看著那群身穿派遣公司制服，安靜無聲的清潔婦們，當然想起我的母親。有一次，我在跑步機上不著痕跡偷看其中一個歐巴桑，竟看得癡了。那個歐巴桑身體肥大，手腳俐落，卻會在昂貴的健身器材之間，白領運動的男男女女笑談中，無邪地看著電視螢幕播送的連續劇畫面，她拿著手上的抹布，看到入神，一時忘了工作。

月娥剛到紐約前幾年，試過各種各樣工作。她和丈夫陳阿增先試著靠過去台灣的人脈，想說可不可能在曼哈頓下城那條有名的照相館街找到翻身的機會，畢竟他們一輩子都在暗房和沖印機器間打滾。後來月娥知道這完全是痴心妄想，整條街是猶太人的地盤，怎麼可能讓中國人打進去?!她一直往南邊走，就走到了中國城的運河街，找了間車衣廠，工資是一件毛衣一件毛衣按件計酬。月娥是新手，動作不快，可是每個禮拜踏實的美金入袋，她想到留在台灣的四個孩子學費生活費有了著落，心就定了，手上動作似乎也更順手。陳阿增還不死心，總覺得他是台灣沖洗業的第一把交椅，在美國一樣是身嬌肉貴，鎮日穿了上好的西裝到曼哈頓找朋友找機會，交際應酬要用到現金，就是伸手跟月娥拿。

月娥後來車衣廠做不下去了，唐人街的中國人圈子小閒話多，一些風言風語大概也猜到了她是在台灣倒閉的頭家娘，為了逃避票據法的通緝，跳機到美國做工。反正是靠自己的勞力掙錢，她不想應付那些傷人的小話，寧可搭好遠的地鐵，到白人家當鐘點女傭當奶媽當褓姆。搭地鐵完全鴨子聽雷，車長廣播每站地名她根本聽不懂，第一次應徵上工後，她仔細記下來回車程大概花了多少分鐘，後來每趟地鐵隨身帶著小鬧鐘藏在皮包裡，快到雇主家鬧鐘逼逼逼逼，她從瞌睡中醒來，一再仔細核對地鐵地圖，費力找到該下車的那站站名。

她那麼多年後想到陳阿增都落難到異鄉紐約了，還一直不改在台灣當大老闆的習氣，心裡還是有氣。每趟出門總說美國皮衣西裝怎麼比台灣便宜那麼多，一出手又是一袋一袋。月娥自己那麼節省冬天下大雪走遠路去地鐵站，一直想買雙厚實的雪鞋總買不下手，塑膠袋一層一層包著鞋子撐過一個冬天，雪地裡一步踏過一個深陷的印子，鞋裡頭厚厚的毛襪最後還是濕透。有一次出地鐵站回家，天黑沒注意後面有人跟，都快到家門口了才被搶。月娥一心只想著皮包裡有錢，死命護著皮包沒被搶走，脖子上便宜的項鍊倒是被扯斷，留下一抹紅印子。後來月娥索性連手錶都不戴了。

飢餓的母親

上天十分殘忍，如同一個絕不手軟的剪接師，從民國六十六年，我的幸福家庭就要破碎前夕，敦化國小四年級小男孩對母親最後一瞥，遺留下來的年青母親美麗的殘影，跳接到分離二十年後，我能再度和母親一起生活時，我的母親早已被多年異鄉的勞動壓垮了軀體，成為一個奔波在紐約城裡毫不起眼的華人老婦身影。駝背矮小，腳步迅捷。媽媽要我記得從台灣西藥房買最便宜的護腰護背帶到紐約，她知道自己的駝背佝僂得太過離譜。

媽媽之前一直用的是《世界日報》教的最省錢的方法，一邊剷雪倒落葉掃樓梯時，用郵局發的揹重物防止受傷的揹帶，綁敷了裝滿水的寶特瓶，可以一邊「搞衛生」一邊復健，媽媽得意洋洋對我說。《世界日報》這幾十年來帶領她度過美國生活所有的難關，從報稅考公民到治好她每年一定過敏發作的花粉熱。

老去的母親對於飢餓的深層恐懼，一直在我腦海揮之不去。一九九四年到一九九六年，我用自己退伍之後在補習班教了六年英文存下的辛苦錢，終於來到紐約讀電影，可以和媽媽重逢生活，一起住了三年。初來乍到不會開車，媽媽說紐澤西的駕照比紐約好考，「連老太婆都輕輕鬆鬆就考得上！」媽媽在超級市場附設的停車場教我怎麼換檔倒車，每個停車格都好大超容易停的。我就這樣跟著瞇著老花眼找路的媽媽學開車，後來竟也一次就考上駕照。

學完車後進到超市，她那麼貪婪地大採購所有的便宜食物。在堆滿食物的貨架前的媽媽眼睛晶亮，簡直像換了一個人似的全身發光。她仔細對著折價券，像工蜂一樣有效率地一排一列掃貨。

我想起媽媽講White Castle小漢堡的往事。那時她和七阿姨一起搬出來住在波蘭房東家，七阿姨情況和媽媽類似，也是和丈夫離了婚，獨留兒子在台灣讓婆家帶。「你七阿姨一想小年就拼命抽煙，平常從來也沒看她抽過煙，只要回來一看到房間都是煙味，我就知道她又打電話回台灣了。」「那時候White Castle有那種特價的小漢堡，比McDonald's和Burger King都便宜很多。我們下班回來好餓好想吃喔，誰都不敢講，誰講誰就要出錢。」

我後來看到這個廉價品牌的小漢堡，兒童餐尺寸的，乾乾癟癟沒什麼配料毫不起眼。Jordan和Ellen都挑嘴覺得難吃極了，吃了一口就丟在餐桌，他們的阿嬤我的媽媽默默放進微波爐，津津有味一口一個吃得精光。

弟弟妹妹到現在還要抱怨小時候媽媽讓他們有多丟臉。妹妹記得她剛來美國時，休假日媽媽會帶她和弟弟逛shopping mall，那是美國勞動階級最大的免費遊樂場。妹妹穿著台灣帶去的超聳運動衣，那種總會拼錯字的T恤或洋裝，逛累了，一家三個人擠在櫃台前點餐。媽媽為了省錢，總是只點一份餐和可樂跟妹妹分著吃，弟弟因為是男生，比較愛面子，媽媽會讓他自己點一份。妹妹說後來她自己當了媽媽，只要小孩子要吃什麼，她絕對不會為了省錢讓小孩子沒有自尊，「你知道那麼多人在看，和媽媽一起share一杯可樂有多丟臉嗎?!」

一九九四年冬天，我終於來到美國生活的第一年。媽媽開著破舊的Nissan，為了省停車費，在每個電影學校的外圍兜轉著，等著她那懷抱電影夢的台灣兒子，和每個白人系主任激辯，走出系辦，回到暖氣不足在車內不斷搓手取暖的媽媽身邊。

媽媽總是不會忘記在西哈林區龍蛇雜處的麥當勞，為我買加很多奶精的熱咖啡。她自己從來捨不得多買一杯，在阿姨們的聚會總是被嘲笑，這個老三啊，連一個quarter都要省！筆直的美國公路沿途單調讓人想睡，媽媽一路開車一路吃便宜的無花果渣子提神，看我睡著了順手拿走我沒喝完的咖啡，慢慢一口一口啜飲。整條公路上只有我們這台車，在深夜裡閃著微弱的光。

稀微的清晨

三十年前的我記憶中的母親，絕對不是這個樣子。當爸爸的爵士彩色在民國五〇年代的中華路巷弄開業時，我也許只有三、四歲，那麼遙遠的記憶源頭，我什麼都不記得了，印象裡我的生活裡只有阿嬤，無所不在的阿嬤。巷子裡遠遠傳來「克—里—姆」的喊聲，阿嬤就會抱我出去買一種燙手的黃色軟餅，阿嬤剝開餅皮餵我，我吸吮著裡頭黃色的甜漿cream。幼童的世界尚未命名，渾沌初開，只有氣味、聲音、味覺和嗅覺。

某個太陽很大的下午，日光幾乎折射出反白的光暈，一個大家都駭怕躲避

民國六十年，我和媽媽在某個游泳池合照。當時我只有四歲，對於拍攝這張照片的記憶與情境完全沒有印象，一片空白。我的世界只有疼我的阿嬤。對於很少在家，戴著墨鏡的母親，只覺得陌生彆扭，卻又渴望她每天晚上能回家哄我入睡。

在我幼童的印象裡，母親總是在遠方，穿著正式典雅的白色旗袍，在照相館的櫃台，和訓練有素，一樣帶著遙遠微笑的門市小姐們，被好多顧客包圍。她忙得不曾回頭看幼小的我一眼。

的智障孩子，拿著一整鐵盒子的進口餅乾，要幼小的我任意挑選，我瞥見他毫無心機呵呵笑著，張大嘴流著口水滴到餅乾上，剛剛伸出手的我遲疑著不知該怎麼辦。

爸爸有時中午會喜孜孜地提一種紅色漆木便當回家，稍微長大以後我才知道，那是我們中華路彎彎拐拐巷子裡，一整排做生意的那種有騎樓的連棟樓房，鄰居一家日本料理店鋪賣的鰻魚飯。

媽媽是冷漠的存在，是永遠不在的模糊面目。幼童的我總要等到睡著之後，照相館能幹的頭家娘，我的母親，才匆匆回家。我渴望媽媽，她卻像一團縹緲的霧，稍縱即逝，從來沒有實體感。孩子本能的對母愛的需求，讓我一直記得某一個颱風之夜，那可能是我潛意識裡對於喪失母親的最早恐懼。

五〇時代的台北刮起颱風當然遠比現在風強雨大，尤其在孩童眼中。阿公阿嬤釘窗戶聽廣播，風聲呼呼吹嘯，風強到整條街停電，漆黑的屋子點起微弱的蠟燭，媽媽還是沒回家。我覺得恐怖極了，不斷哭喊要媽媽。

這一夜，我的小兒氣喘嚴重發作，吸氣短促一口氣呼出卻那麼綿長。我脹紅著臉哭泣，胸腔裡好像有一匹馬就要奔出。我變成一匹紅色的小馬，咻咻哮喘，啼哭到多晚我已不復記憶，可我一直有個印象，我的母親總是在遠方，穿著正式典雅的白色旗袍，在照相館的櫃台，和訓練有素，一樣帶著遙遠微笑的門市小姐們，被好多顧客包圍。她忙得不曾回頭看幼小的我一眼。

後來爵士彩色發達了賺錢了，媽媽被爸爸勒令待在家當家庭主婦，有種說法是媽媽被精明的會計小姐李美芬逼退。媽媽自己委屈的版本，則是爸爸懷疑媽媽會偷拿錢接濟娘家，不讓她在店裡管帳了。我的母親成了從職場退下來的不快樂主婦。有一次媽媽準備了許久，細細描上口紅，戴上晶瑩的人工養珠項鍊，一切打扮妥當，好開心要去參加她金甌商職的同學會。要知道，在母親的年代，女人能讀高中是多難得的事，能和昔日的高中同學們重逢，母親能重溫多少少女時代的往事啊。不知為了什麼原因，父親那天卻不讓媽媽出門，我看到媽媽冰冷的臉整個煞白，隱忍著沒和爸爸吵架。我只感覺，好長好久的日子裡，她一直不快樂。

可能因為外公早逝的原因，外婆生的八個女兒都十分照顧娘家，姊妹們更費盡心思提拔兩個弟弟。阿姨們每個都和媽媽一樣，在那個時代很難得的讀到高中大學，進了知名的大公司上班。有一個好熱的下午，家裡的門鈴突然大響，在外貿協會上班，戴著厚重眼鏡的六阿姨搶進門來，對媽媽喊說大弟出事了啦，就大口喘著氣哭出聲來。媽媽立刻像瘋了一樣，抓了皮包就和六阿姨往外跑。後來我才知道，好像是當兵的大舅在部隊裡被欺負虐待，受傷被送到軍醫院去。

年青的母親，在某個稀微的清晨，佇立了那麼久。我看著照片裡的媽媽，在氤氳的煙霧中逆著光站著。那種天地之大，卻無處容身的悲傷感不免也感染了我。

我幼小的眼睛看見了，不知不覺記存在腦中。

然後，有一個清晨一直壓在我心口，我一直不能確定到底是我的幻想，還是真的曾經存在那個無路可逃的時刻。媽媽牽著妹妹，懷中抱了弟弟，帶著在睡夢中被叫醒的我和姊姊，應該是準備出逃投奔回娘家。年青的母親，在清晨稀微的巷口，佇立了那麼久。我們四個孩子懵懵懂懂，睡眼惺忪，大家卻都安靜乖巧，不敢出聲。我們獃獃站在巷口那麼久，媽媽那種天地之大，卻無處容身的悲傷感籠罩了我們。

星期劇院

拍片工作之餘，我總習慣到健身房運動，跑步機瑜珈combat，流了汗全身癱軟躺在有氧教室地板，教練放著舒緩的冥想音樂，恍惚之際，我的耳畔響起遙遠的歌聲。「像天上繁星，忽現忽隱。像水面帆影，漂流不定。人生的際遇，稍縱即逝。我心嚮往，我心期待，我願追尋。」那是好多年以前，台視每個禮拜天下午播出的「星期劇院」主題曲。

那時爸爸的彩色沖印事業如日中天，我們在民國六〇年代的台灣中產階級家庭模型裡，平穩地沖洗出一張又一張的美麗生活照，在所有人面前展演。我在學費好貴的鋼琴老師家學拜爾第一冊，她女兒王美倫和我一樣都讀敦化國小一年級，好淑女地低著頭拿板凳給我踏腳數拍子，她小小的臉頰白皙粉嫩，總是梳公主頭，像個易碎的陶瓷洋娃娃。

同班還有一個小女生叫黃子奇的，下課和我一起走路去學小提琴。她表情嚴肅，音感極好，拉起琴來一板一眼，架勢十足。若干年後，我果然在台視深夜冷門時段，看到她長成一個在電視上拉提琴的寂寞少女。

禮拜六下午，媽媽通常會帶我們到龍江路的外婆家，所有的阿姨們都愛回娘家，大家談笑風生，嗓門一個大過一個。客廳吵死了，我自己躲在小阿姨房間讀她訂的《皇冠》雜誌和《姊妹》畫報，或者陪姊姊和大表姊梅菁溜到頂樓去，好奇地看著女孩的世界。她們兩偷了大阿姨的口紅和高跟鞋，濃妝豔抹，對著風咿咿呀呀瞇著眼睛學陳蘭麗唱歌，「葡萄成熟時，我一定回來。」一首歌都還沒唱完，馬上就被上頂樓偷抽煙的小舅舅發現，一起被揍得半死。

我一直和阿嬤最親，從小她就最疼我這個金孫。我自己會從敦化南路搭公車到公館的萬盛街找阿嬤。阿嬤家比外婆家安靜清幽多了，陽台一整排曇花恰恰遮去了西曬的陽光。阿嬤會帶我去鄰居阿婆「芽仔」家，她是阿嬤的客家姊妹淘，她們在一起都講客家話我根本聽不懂。阿嬤為我訂了清晨放在門口的瓶裝羊奶，和芽仔婆約好一大早起床帶我去師大分部操場打羽毛球。

我在阿嬤家沉迷啃讀著洪建全圖書館借出來的兒童讀物。《愛的教育》裡頭一個鐵路工人為了養家兼差抄寫訂單，他乖巧的兒子半夜起來靜悄悄點上煤油燈，模仿父親的字跡，睡眼朦朧抄寫完一疊訂單，多掙了一個里拉的工錢。書裡頭的世界單純靜好，停留在深夜就要燃燼的的煤油燈蕊。我在樸素的時代怔忡，好像懂得了人生的什麼事。等我搭公車回到家，常常是禮拜天下午的「星期劇院」主題曲響起時。我繼續讀著《愛的教育》下一則又下一則故事，不知不覺就在沙發上睡著了。

那時敦化南路是少數氣派的大馬路，巷子底有棵大榕樹，雜貨店的女兒陳美玉是大姊頭，她耐心教我們怎麼集郵賺錢，怎麼拖著克寧奶粉黃色空罐，一路用磁鐵吸地上的釘子廢鐵拿去換錢。有一個大熱天陳美玉剛洗完頭，滿頭滿臉的黑髮蓋著，害我以為是女鬼嚇到從紅色木門上掉下來。跌倒撞到水泥地面讓我的下巴全是血，血慢慢浸染到潔白的制服，我躲到床底下不讓任何人發現。黑暗的房間裡我用白襯衫捂住鮮紅的血，全身躺平緊閉呼吸，竭盡一個孩子所能擁有的冷靜，不動聲色地讓血淌完。

我和姊姊小敏還是一路跟著陳美玉冒險，穿越那時還不存在的市民大道，路的盡頭是一條荒涼的鐵道，我們跑進頂好商場一人偷了一個外銷的芭比娃娃和好幾盒香水鉛筆，回來被媽媽罰跪，那是我們第一次挨打。那時的媽媽是真正的媽媽，有血有肉，疼我們寵我們，可也會罵我們打我們。不像去了美國的媽媽，分開那麼多年之後，我們中間總好像有層無形透明的玻璃隔著。

媽媽漸漸成了沉迷於牌桌的慵懶主婦，耳濡目染，我們小孩們從小就懂東南西北紅中青發白。媽媽整天窩在鄰居張家李家王家打麻將，我和李家特別投緣，媽媽一去打麻將，我就去他們家做功課，李爸爸在家永遠只穿網狀內褲晃來晃去，心情好時會帶我們去中崙夜市用紙網撈魚。在李家客廳做完功課，我就像李家的小孩，一起端了飯碗香噴噴的吃晚飯。留在家裡的弟弟妹妹，被姊姊帶著去巷口麵攤吃加滿辣醬的油麵，被半夜回來的爸爸發現，少不了又臭罵媽媽一頓，罵她迷麻將迷到讓小孩子吃得那麼不營養。

小學二年級有一天中午，我從便當蒸籠裡拿出飯盒，一打開盒蓋，好大的便當裡頭居然全是白飯，完全沒有任何配菜。滿滿的白飯上頭，竟然只躺著一粒黃澄澄的荷包蛋。我當場嚎啕大哭起來，訓導處廣播我的姊姊陳慧敏，姊姊牽了我到川堂走廊，顛著腳抱著我投一元硬幣打公用電話給媽媽。我一聽到媽媽的聲音更是覺得委屈，馬上哽咽哭到岔氣。我一直記得，在那麼熱的夏天一路從麻將牌桌上，狂奔到學校，滿頭大汗的媽媽臉上慌張的神情。

等到小學四年級即將搬離敦化南路時，我知道家境已經不好，就要轉學到鄉下的屈尺國小。在年輕的導師林瑞霞家補習的最後一天，我一定要送她一個禮物讓她記得我。在南京東路永琦百貨買到一個好精緻的洋娃娃，媽媽幫我包裝時，我才發現洋娃娃裙子下擺居然有個小破洞，我覺得丟臉極了，好多天不肯跟媽媽講話。

精緻的娃娃背面細小的破洞，現在想來當然是離開無憂童年的巨大象徵。像我們這樣的孩子，體質特別敏感，好像能預言未來。那是上昇中的民國六〇年代，我的家庭，我擁有的微世界，就要崩解的前夕。這無意中瞥見的線索，如蛇一般，直直鑽進我就要啟蒙的心眼。

一塊錢的老人餐

二〇〇八年那年，眼看美國越來越不景氣，阿姨舅舅們都覺得郵局工作不太保險了，最好腳底抹油走為上策，媽媽終於肯辦理退休了。妹妹Rose打電話回來聊天，說到妹夫的新餐廳分店可能快要開幕了，妹夫Albert又向媽媽借了三萬元，一共已經借了六萬美金。我說Ellen和Jordan放在媽媽那邊一個暑假，妳一定很輕鬆啊。Rose反而抱怨連連，說媽媽常在四阿姨鄰居家打牌到半夜一兩點，她不喜歡小Ellen跟著媽媽打麻將到這麼晚。我說我們小時候也是這樣啊，又不會怎樣。我立刻想起敦化國小那個只有一顆荷包蛋的白飯便當。

Jordan告訴我，他媽媽跟他借走他小時候車禍時，對方賠償的大學教育基金。妹妹向自己兒子借走那四、五萬美金時一直哭。Jordan說新的餐廳的區好爛喔，會花那麼多錢是因為施工的人挖破瓦斯管，搞了大半年衛生局安檢怎麼都過不了，但每個月昂貴的店租照樣得付。我跟表妹陳姵君抱怨，妹妹她們做事那麼不細心，裝修時當然要簽契約，承擔一切意外賠償，怎麼美國長大的還這麼不懂用法律保護自己。如果到時候真的倒了，倒楣的辛苦的還是我媽媽。

不過，Jordan說上次他去Elmhurst，阿嬤捨得開冷氣了。因為四姨婆鄰居生病，加上表妹Jennifer也被她婆婆三申五令不准打牌了，阿嬤沒牌可以打了。阿嬤整天沒事幹，睡起來就是看報紙，開著冷氣躺在她房間看電視看一整天。我跟Jordan說，阿嬤辛苦一輩子，她總該休息了。

打電話回Elmhurst，媽媽說她不要再跟四阿姨四姨丈去吃老人中心一塊錢美金的老人餐了，為了吃那頓便宜午餐，要花三個小時在那邊，四阿姨她們要先讀《世界日報》讀一個鐘頭。我想到小舅媽說的，他們三個有夠無聊，為了老人餐附的一小瓶牛奶推來推去，四姨丈留起來省給他孫子喝，「你媽媽為了拍四姨丈馬屁，自己那一罐也不喝，真受不了他們這三個老東西。」

小舅舅小舅媽自己何嘗不是如此了，當年為了慶祝兒子Kevin和女兒Annie上大學，買了一條四十塊美金的大龍蝦回家煮大餐。一直在洗衣店打工，手腳麻利的小舅媽，快手快腳地就將那條龍蝦料理了，好大一盤端上桌，全家人看著Kevin和Annie吃，兩個老的笑呵呵看著，一筷子也沒動。我的這些美國家人啊，大家彼此窺看彼此的生活，苦中作樂地互相開好辛酸的黑色笑話，彼此扶持走過這異鄉甘苦的三十年。

月娥在六十七歲那年退休，生活整個清閒下來，可總還是擔心愛賭的小兒子，開餐廳生意起起伏伏的女兒，和留在台灣搞藝術的大兒子。月娥這幾天剛從阿拉斯加參加旅行團玩回來，兒子從台灣打電話問她好不好玩，她笑著跟兒子抱怨，跟你最小氣的五阿姨五姨丈大阿姨四個人湊便宜團，她們都跟媽媽一樣，又省又小氣，一路都沒吃到肉，一回來紐約好像身體就覺得不舒服。兒子說他在台灣要寫書，要寫家裡這些年移民的故事，一直催促要她找初來美國的照片。

阿拉斯加的冰天雪地裡，老去的她坐在暖氣的遊輪房裡，隔著玻璃看著無邊的大洋，突然想到了好多年前萬盛街分離的那頓早餐，想到跨過了那個時間分離的門檻，三十多年就過去了。她當年離開台灣對那麼小的兒子女兒們撒謊說，很快就能在美國團聚，卻再也沒能見到大女兒。月娥突然覺得好餓，只想大口吃肉。

從紐澤西郵局退休之後的媽媽，終於能夠卸下身上勞動的重擔，帶著外孫女Ellen在海灘上戲水。

客途秋恨，追月之人

大西洋城的孽子

Amy Tan 譚恩美的亞裔美國家庭書寫中總是飄浮著古老中國的鬼魂。從《喜福會》到《灶君娘娘》到《接骨師的女兒》，陰魂總是不散。我的台裔美籍家庭史中，弟弟 Jack 卻成為令我思之心悸的一章鬼故事。

弟弟 Jack 肯定可以當選全美適應不良新移民的第一名。十五歲交了壞朋友，結夥持槍搶劫，比好萊塢電影還要湊巧，街上居然剛好有便衣警察巡邏，弟弟當場被子彈打中右大腿被捕。媽媽後來花了好多錢為弟弟改名字，換護照，送到加拿大，送回台灣，逃過牢獄之災。

在冰天雪地的渥太華，弟弟長成了更寂寞更不快樂的青年，他總覺得一切都是母親的錯。沒有一個地方他待得住，弟弟在每一個地方都闖禍連連，適應不良。回美國後戒不了賭癮，成了流連大西洋城的酒鬼加賭鬼。他曾經一個月沒回家，在大西洋城濫賭，媽媽和妹妹 Rose 每天去等他去找他，怎麼也找不到。

我在台北半夜作惡夢，夢見弟弟付不起賭債，屍體漂浮在惡臭的哈德遜河。一個月後，弟弟比鬼魂還落魄地出現在皇后區的家裡，欠下十幾萬美金的巨債，跪下來求媽媽替他償還。

弟弟後來在Rose和Albert的幫忙下，和福州女孩阿婷假結婚賺了六萬美金，償還了一部份賭債。至今賭癮未改，在紐約開高級禮車為業。

我到成年之後才明白這家庭鎖鍊的可怖。弟弟在大西洋城失蹤的日子，我在台北作著哈德遜河浮屍的惡夢。母親呢？她的惡夢肯定兇險過我百倍，千倍。

弟弟的綠卡太太

我第一次見到阿婷，是她到皇后區媽媽的公寓，和弟弟Jack拍一些作假的生活照，好騙過移民局。她說她一路從法拉盛走過來的，「反正沒事就走路，一直走一直走也不累啊。」她簡單生活的小小娛樂除了走路，看錄像機學英文會話，就是餐館休假日到紐約中國城旁的百老匯大道逛街，「那天好熱鬧喔，滿街都是福州人。」多年前張艾嘉拍的《少女小漁》此時此刻彷彿有了福州版本。

阿婷有時會簡單地和妹夫Albert聊一些家鄉事。其實，在來美國之前，他們住在不同的福州村莊裡，可能一輩子也不會認識。

Rose的眼淚

有一年趁著暑假，我和當時還在讀大學的BF小武規畫了一趟回紐約的探親之旅，高潮是開七個小時的車去維吉尼亞州探望妹妹Rose一家人。小男友負責開車，媽媽看地圖，我拍DV。在休息站，小武啃著三明治邊喝可樂，媽媽叨叨絮絮跟他講著要帶Jordan去佛羅里達狄士尼樂園的計畫，遠遠看去像一對郊遊的母子。我和小武兩人藝高人膽大，在前座看後面一片靜悄無聲，開始牽手親吻亂搞一氣，惹得Jordan哇哇大叫，「阿嬤，妳看舅舅跟叔叔他們兩個人好色喔。」

我們沒時間去迪士尼，沿途順路帶Jordan去有二十幾種雲霄飛車的King's Domanian樂園，結果他膽小如鼠一樣也不敢搭，和他阿嬤兩人自成「老弱婦孺組」，專門找咖啡杯旋轉木馬坐。小男友身手矯健，一路拉著我試遍各種刺激遊戲。回到妹妹生意很爛的中國餐館，我們四人都累癱了，妹妹還是堅持幫我們接風，她也需要喝喝酒解愁。

小嬰孩Ellen黏媽咪，Rose抱著她開車，三頭六臂什麼都能做似的。時光眨了眨眼，怎麼我親愛的小妹妹就成了每天開著九人巴衝鋒陷陣開餐廳的強悍母親。Rose點了豔紅的血腥瑪麗，一杯一飲而盡。知道Rose和媽媽一直有些解不開的母女情結，我就儘量多聊一些餐廳的事，把話題帶開。

媽媽和Rose之間的情意結，很像《客途秋恨》裡的陸小芬和張曼玉。華人家庭傳統的重男輕女傾向，在我們這個破敗的家庭也不例外，甚至連家族中的女性似乎也內化了這個「恨女」傳統。早早認清這個事實的妹妹 Rose 講過一個我畢生難忘的黑色笑話。她每次點肉，總是不吃雞腿只吃雞胸肉。我虧她變得這麼像美國人。她咯咯笑著，認命的回答我，「你忘記小時候阿嬤拜拜都先把你和阿弟叫到廚房給你們吃雞腿，一定沒有我的份。習慣成自然。來美國我就一樣只吃雞胸肉。」

媽媽對我這個在台灣一路建中、台大的長子十分禮遇，更溺愛在身邊一路惹禍不斷的么子Jack，相對的Rose常常感到媽媽重男輕女。Rose兩次婚姻都嫁給藍領移工，向媽媽借錢開餐廳都失敗賴帳收場，母女自然有些心結。

DO NOT
ENTER

WACHOVIA
WACHOVIA
29

我特意轉移話題，閒聊餐廳的事，沒想到反而讓喝了酒的妹妹，突然哭了起來。我想讓妹妹哭出來發洩也好，淚水可以沖刷她積累多時的壓力。Albert因為是非法身份，不能申請福州的父母親來美幫忙帶小孩。開餐廳壓力大，年輕氣盛的Albert 常常鬧脾氣丟下店揚言帶著女兒走。反正他無牽無掛。而很多次大吵都是因為兩次婚姻兩個不同父親的孩子引起的。妹妹講到Albert 打 Jordan都手下不留情就開始泣不成聲。媽媽不知是心疼女兒還是孫子多一些，在旁邊也跟著哭成淚人。

斷奶與水蛭

小叔叔進發和嬸嬸麗秋，這一年決定要效法過去的媽媽，試著在紐約打工奮鬥，看能不能在中年開創一番新局面。主要是這些年台灣經濟不景氣，進發叔叔多年來都在松山機場排班開計程車，眼看捷運一條一條開通，生意越差他越焦慮。嬸嬸麗秋畢竟已經中年，一直在海霸王打工也煞是辛苦。兩夫妻跟媽媽租了個房間，叔叔跟著皇后區的台灣人工頭學做水電小工，一天七十塊錢美金，不包吃飯。嬸嬸在法拉盛商場的阿宗麵線，炸肉圓洗碗跑外場，什麼都做，試用期一個月一千五美金。

叔叔嬸嬸一共在紐約待了一個冬天。媽媽耐心教他們怎麼搭地鐵，怎麼分辨大顆的quarter是兩毛五，小顆一點的dime是一毛錢硬幣。Elmhurst一入夜彷彿鬼城，什麼小店家都沒開，一片闃黑。叔叔傍晚六點下工，洗了澡看電視等到十點一到，全身大衣毛帽全副武裝，出門走到七號地鐵站接嬸嬸下班。弟弟還是不時會失蹤好幾天，混跡賭場。有天好冷下起雪雨，叔叔在工地冷得要命鼻水直流，一進門全身髒汙，活脫脫就是小時候做工把我們養大的阿公，是我從小再熟悉也不過的勞工身影。叔叔一邊喝著熱薑湯，一邊忍不住痛心罵起弟弟，在美國賺錢這麼難，他還大把大把地把錢送給賭場。

我們曾經一起陪媽媽去賭場找弟弟。大西洋城每個巨大的賭場之間，我們像不斷行軍的一列寂寞的鬼，雙腳走得又累心裡又氣，兩眼疲乏睏極了。而這麼多年來，我的弟弟總流連這個賭城像個homeless。中國城運河街整點開的發財巴士載滿了想翻身一搏的各式華人，鬧烘烘的各種口音，一齊來到冬天荒涼的大西洋城。海邊沙灘鋪設著斑駁的木板走道，一隻隻海鷗大翅揮舞飛過，伊呀伊呀叫著。

每回找不到弟弟，一筆一筆信用卡刷爆的鉅額賭債，最後還是媽媽買單。媽媽從小溺愛弟弟，當年在萬盛街媽媽要來美國前夕，弟弟那時都四五歲了還不肯斷奶。白花油啦，辣椒粉，綠油精，想到什麼媽媽就塗到奶頭上，可弟弟還是哭鬧嚎叫斷不了奶。長大以後，弟弟還成了這麼可惡的賭徒。我想到了古代刑場那個死囚臨刑前咬斷母親奶頭的可怕故事，簡直不寒而慄。Jordan講到小舅舅又去了賭場的事，隨口丟了個結論——He's just gonna leech off Grandma。小Jordan那麼冷靜，居然早熟地看透了我的母親與弟弟之間，如同水蛭吸血一般的SM結構。

家人想破了頭，也想不出為何弟弟會變成今天這樣。嬸嬸麗秋委婉地說，她有一次是有聽弟弟這樣抱怨過，小時候媽媽把我們留在新店鄉下，害他的童年過得那麼苦，又要挑柴又要包球黏娃娃做家庭手工。（弟弟，這不是我們一起經歷過的童年嗎?!）進發叔叔的說法則讓我大吃一驚。叔叔語帶敬畏，不無宿命地推論，會不會是爸爸過去欠人家太多錢，造太多孽，因果循環，導致弟弟今天變得這麼討債……（老天！要償債也是爸爸的責任，為什麼是媽媽一輩子到老還在受罪?!）

我想到妹妹說有一次弟弟喝醉酒撥錯電話撥給她，咕咕儂儂肉麻話講了一大串，誤把她當作是法拉盛酒家的酒女瑪麗蓮安娜之類。我聽了笑不出來，我知道，作為一個美國底層的移民勞工，我的弟弟是那麼寂寞。他沒什麼朋友，生活圈子單調乏味，日子每天每天重複著。

大一暑假那年，無所事事的夏日空屋，我和弟弟在淡水晃晃悠悠。

大一暑假那年，我為了拼轉學考自己住在空無一人的淡水山上的宿舍。從美國回來度假的弟弟特別來探看我。無所事事的夏日空屋，好乾淨的太陽亮晃晃，我們兄弟留下一組少年青春的照片。弟弟再也沒有那麼清純過，他的單純靜好，只留在那些照片裡。他在歲月中毀壞，賭去了他的青春，賭去了我們對他的信任與愛。

女人的旅程

維吉尼亞州的餐廳好幾年來生意一直不見起色，妹妹和福州男孩Albert的婚姻徹底陷入低潮。妹夫Albert自己到紐約上州另起爐灶，找新的點要開新餐廳，努力再搏一次。妹妹正要打包準備跨州搬家，她從紐約的郵局申請transfer到維吉尼亞州的郵局，打點善後，找仲介賣房子，頂讓餐廳，收拾爛攤子。婚姻走到了瓶頸的Rose帶著兩個小孩進行一次身體上或許也是精神上的遷徙旅程。任勞任怨的媽媽放心不下兩個孫子，也向郵局請了兩個星期的假，幫女兒搬家顧孫子們。

感恩節剛過，公路上雪花飄飄，不同的指標寫著各州不同的出口。從紐

約到ＤＣ到巴爾的摩到維吉尼亞呼嘯而去的不只是隱含危機的妹妹的婚姻與抉擇，飛逝而過的車窗風景更映照著媽媽一九七七年離開台北四個兒女飛往美國的未知之旅閃爍著往事如煙。離開過去的女人們，賭徒般踏上旅程，這往往是另一段公路電影的開始。妹妹花紅嬌豔，身邊不乏追求者。但是她舉棋不定，總是放不下愛女Ellen與和老公Albert的舊情餘存。想一想，我妹妹這一輩子實在還蠻包法利夫人的，總是一路為愛豪賭，放手下注。

在Elmhurst 出發前，Rose 特別到大中華超市排隊買了金紙香燭。她說，因為家裡開餐廳，拜關公，怕到了維吉尼亞找不到中國店鋪。我們在深夜終於駛下公路，出口旁一家平價的Denny's 餐廳亮著雪夜裡的光，媽媽抱著熟睡的孫女Ellen下車，每個人都飢腸轆轆，點了一大盤油膩的培根肉排煎蛋，妹妹灌水一樣大口喝著咖啡。深夜的鄉下餐廳，義大利老太婆啊，Latino 女人啊，胖黑妞啊，都好友善走過來摸了摸Ellen睡得紅通通的小臉。

完全相反殘忍的，排擠異鄉人的場面則發生在白天，乾淨明亮的銀行大廳裡。為了Jordan的轉學手續，和餐廳的頂讓事宜，一干相關文件證明都需要夫妻一起簽名。妹夫Albert搭中國城小巴趕過來，半夜拜好關公，一大早趕去銀行。他和我的妹妹Rose一起，侷促地坐在大廳一角，被有禮貌的行員冷冷地審視，懷疑他們是假夫妻。

在維吉尼亞，我太悶了，去社區圖書館借了柏格曼的《哭泣與耳語》，借了伍迪艾倫的《另一個女人》，借了伊麗莎白泰勒的《朱門巧婦》。媽媽在空蕩蕩的客廳幫小女孩Ellen編辮子，電視螢幕上美艷鬱悶的少婦，玉婆永恆的臉定格，她的不快樂幽幽流蕩。媽媽不時瞥看著電視，比我還專心，她手還是沒停，編著孫女永遠編不完的辮子，耐心認命被小女孩折磨。我想起媽媽的過去，那個被鎖在家裡的不快樂的主婦，媽媽那時的臉如同玉婆一樣美麗，也一般不快樂。我幫她記得了。

冬天的海灘，妹夫Albert 牽著小女兒Ellen的手，我們一家人沿著長長的海岸線走，每個人有每個人的心事。海灘上幾個金髮男孩呼哨著天上的鷹，打破寂靜。我們繼續走過維吉尼亞古戰場，買票走進博物館剛好趕上影片放映。Albert揹著女兒在一群退休的老人之間找到位置。美國獨立戰爭光輝的畫面一閃，劃亮了Ellen看得那麼專注的小臉龐。我知道Ellen才有機會成為真正的美國人，我們家要到第三代才有可能完成流亡者的美國夢。不像過去的我，在皇后區擠滿了人的移民局蓋手印之前，躊躇再三，看著窗玻璃上自己恍惚的倒影，想說為了要在美國團聚，我們這個破掉的家到底要付出多少代價。

Albert要回紐約上州前，又為了家裡關公的擺放位置，和妹妹大吵一架，深夜跳上小巴揚長而去。媽媽因為只請了兩個禮拜的假幫妹妹搬家，也終於要銷假回郵局上班了。回程的路上，我發現美國公路上的月亮好大好圓，竟有種詭異的邪氣。

追月之人。我心裡忽然跳出這四個字。人生行路那麼艱難，我們有誰不是眼盲的人，總是沿途顛撲，掙扎尋路。說到底，我們只不過是想在這個世界上活下來而已。

我的妹妹跨越愛的荒漠，一路尋愛。弟弟掉進賭徒的黑洞。而我呢，執意走向書寫者編織者，如貓藏匿在表象世界的邊界，駐足回首，警醒著凝視著，一個移民家庭的時刻挪動。我知道自己只能寫下這些走過的路，不哀嘆無評論，展開一個家庭的寫真，在時間之中。

回到台北，在尋常生活的某個時刻，我凝看弟弟妹妹，如對岸遙遠的兩座島。就那麼一瞥，我偶然看到，弟弟每日的作息如鐘擺一樣，早上四、五點準時起床，趁著開車休息的空檔，用iphone拍下中央公園掛著冰柱的雪樹，然後將照片上傳，貼上Facebook。下午三、四點，下工了，穿著司機的高級白襯衫制服的弟弟，靜悄悄推開Elmhurst的門，開門回家。

初吻之夜

二〇〇八年冬天，我的外甥Jordan馬上就要上大學了。他牆上貼滿我完全不認識的青少年偶像海報，衣架上都是我覺得醜死了的嘻哈風T恤，他聽著ipod嘴裡跟著唸唸有詞，我問他SAT考得有沒有把握啊，是不是真的像阿嬤說的他不想留在紐約念大學？他說他想申請波士頓大學，學校越遠越好，他才可以遠離媽媽叔叔和Ellen，一個人自在逍遙。

Jordan很亂的桌上有一疊照片，是他興高采烈在台北一〇一觀景台拍的那種很觀光客的照片。照片裡Jordan臉上那種少年到異國旅遊，世界一片新鮮，漾出快樂的笑容，完全不同於平時很愛抱怨的那個典型紐約郊區青少年，青春苦澀的樣子。Jordan總是跟他媽媽辯論為什麼他有做不完的事情，別人家裡的小孩都不用做那麼多事。

有時在福州妹夫Albert開的中國餐館，Jordan和一群老墨老黑擠在日光燈管照得太過白亮的廚房裡，一邊接電話一邊包外賣，一邊還認命babysit同母異父的妹妹Ellen，我偶然一瞥看到Jordan臉上一副少年老成的神色，很少有美國青

Jordan在風景區的人工景片後面擺鬼臉。

少年幼稚無聊的笑容。

（我的妹妹他的母親Rose 做工累得要命還是記得帶兩個小鬼聖誕節排了老半天去洛克斐勒中心跟一堆美國人擠著溜冰，Jordan不像妹妹Ellen完全玩瘋了，一圈一圈在落下的雪花中純真開懷大笑大叫，像童話裡的小公主。Jordan很有責任感，溜了一兩圈，都會警醒地尋看妹妹在哪裡。）

反而這疊台北一〇一照片裡頭的 Jordan 笑得無牽無掛，離開紐約短暫造訪永和的老爸小強讓他開心極了。照片下面壓著爵士彩色的袋子讓我嚇了一跳，我問Jordan怎麼會去那裡沖洗照片，你是不是去八德路哪家啊。Jordan 根本搞不清楚，覺得我很囉唆，一直問他很奇怪的問題。我告訴 Jordan 你知道爵士彩色以前是阿公開的嗎？你知道阿公以前很有錢嗎全台灣開了七家爵士彩色耶⁈！Jordan才不理我，快步套上運動鞋急著去趕他的高中校車，這天紐約上州下大雪他錯過校車就完蛋了。

*

二〇〇〇年，陳家人 the Chen family最團結的夏天。媽媽、弟弟Jack、妹妹Rose和福州妹夫Albert同住地下室和一樓，我從台北買便宜機票飛回紐約皇后區，在Elmhurst 破舊的家裡，毫無頭緒地開始拍家庭紀錄片。

妹妹Rose大肚子，知道這一胎是女孩，到唐人街買了燕窩燉湯慢慢喝，她想這樣以後女兒長大才會長得美。媽媽Elmhurst 老房子一樓的廚房直接通後院，常常太陽好大正在廚房燉煮東西，誰誰誰又開著車門大呼小叫的進門了。媽媽自己一個人住在地下室，小Jordan熱衷學跆拳道，有時候下去地下室黏著他阿嬤撒嬌。我拿著攝影機在蔭涼的客廳聽新的妹夫Albert講他偷渡的故事，這個夏天有彭渰雯、柏蘭芝和Ping來訪，家裡好熱鬧。

小Jordan在地下室挖寶找到一張古早的蠟筆卡通畫，「一帆風順，阿奇哥哥敬贈」，圖畫紙右下角寫著。「這是誰畫的圖，怎麼畫得這麼土啊？」小Jordan在房間大喊。我跟Jordan說這是大舅舅第一個男朋友，那時候大舅舅讀高中，你媽媽和小舅舅正要飛來美國跟阿嬤住。

我根本不記得有這張畫。我只記得高二那年，我開始和這個總是坐在教室最後一角孤僻的男孩建立友情。後來才知道他在十分瀑布的老家，成長的過程那麼辛苦不快樂，他早熟的姊姊一貫沉默隱忍，如我死去的姊姊阿敏。同班男孩阿奇家的經歷和我家的故事如此雷同，我們要好了起來。

那天約阿奇到建國南路的家裡玩，原先也不知道他會留下來睡的。爸爸應該出差不在家吧，我們三個好高興多了阿奇來家裡，他可以代替不見了的阿敏和我們打牌。我們四個兄弟姊妹從小總是剛好湊齊一桌麻將。自從小學開始跟著沉溺牌桌的媽媽，穿梭在敦化南路巷子裡不同的鄰居媽媽家晃悠，我們手足四人早就學會麻將複雜的牌技，純真地吆喝隨時上桌，一粒一粒砌好麻將，我們從來不曾三缺一。

就在那個晚上，阿奇和我睡在父親的大床上，夜越深我們越睡不著，我把家裡遭遇的痛苦的事都告訴他，包括姊姊才做完頭七，阿弟阿妹下禮拜就要去美國和媽媽團聚了。他也許不知道睡在旁邊的我正無聲流著眼淚滴向枕頭，因為一向寡言的他也慢慢激動起來一直講著那麼愛他一直為家裡受苦的姊姊，那個疼他照顧他，不斷換工廠做工熬掉青春的鄉村長女。

我們在兩個破碎的家庭中成長，一個在十分瀑布一個在新店溪畔，溪水悠悠天河撩亂，夜色迷濛我們完全看不到彼此，這樣反而讓我們放心的靠近。黑暗竟帶來了某種形式的保護色和安全感。同睡一張床上，壓抑的少年不再覺得家庭歷史是羞恥，是重擔，我們信任彼此，說出不能告訴別人的話。夜深了，我們停不下來，喁喁私語著那些讓我們痛苦的往事。兩人閉著眼像分離多年的友伴那麼親暱有默契，我們一起看到了黑暗中的圖像。

我們在暗夜行路牽起彼此的手，山間的隧道黝黑不見底，少年列隊走過突然有沁涼水滴滑過頸間，那是夏天最好的味道。

後來，我說一定要睡了，不然明天上課怎麼辦，兩人才停下話。我們硬逼自己要睡著，卻明明白白聽到呼吸聲音越來越沉重。我緊閉眼睛死命要自己睡著，卻感覺到他呼出的熱氣越來越靠近，越來越近，尋找著我。

我從來沒有看過那麼皎潔的黑色，閉著的眼睛浮現黑色透明的天空，一道閃電竄出，接著又是一道接一道。黑暗中我卻只牘視覺，那些電光的閃電竟然比午後的悶雷還驚心動魄，而且完全沒有聲音。他的舌頭伸進我的嘴，那麼熱切渴望。我開始頭暈全身躁熱，慌張感覺到舌頭慢慢交纏著，緊貼著，吸吮著。兩個人都是第一次接吻，那麼緊張，完全不知道下一步怎麼辦。全世界闃靜，只牘閃光。

後來，我和好多男男女女的朋友們聊起彼此初吻的經驗，沒有人和我一樣，曾經看到黑色天空中出現過一道又一道無聲的閃電。

姊妹情仇

二〇〇六年初夏，當台灣開始陷入第一家庭弊案風暴，我卻帶著我親愛的姑姑叔嬸們，飛越太平洋來到紐約，展開一場油麻菜籽過海渡水的家庭之旅。我這堆很台的姑姑叔嬸們，二十多年來一直想來紐約瞧瞧，如今終於願望實現。她們和遙遠的紐約的牽扯，始於民國六十六年，一個幫助家族長兄逃亡的夜晚開始。

彼時少女剛轉少婦的二姑和三姑，是典型台灣油麻菜籽女兒。錙銖必較，儉省自己，然後拼命從老公身上挖錢往娘家送。時光倒流三十年，二姑從黑貓型少男殺手轉型成豔麗主婦。三姑則從一個腳有殘缺的纖柔女孩，蛻變成沉穩的西裝店老闆娘。姊妹兩為了一直拿錢回娘家補阿兄的錢坑，起了爭執。她們的阿兄，我的父親，當年生意失敗，負債二千萬，成為票據法下的通緝犯。

三姑為人謹慎，語重心長地告訴姊妹，「我們畢竟是嫁出去的女兒，最終要靠的是老公和自己的家。」話雖如此，二姑還是連夜拿了私房錢送來家裡，讓父親母親得以買機票逃到紐約打黑工，重新做人。

在這樣破落家庭長大的我，當然知道姑姑們的恩情。所以這趟紐約行，可說是報恩之旅。沒想到姑姑們年老力衰，曼哈頓觀光區走不了兩步，就吵著要搭地鐵回皇后區媽媽家，到街口的大中華超市自己買菜煮飯吃。

皇后區屋子裡熱鬧極了，這次姑姑叔嬸們來了七個人。從小被留在台灣獨自長大的孽子如我，哪裡見識過這種紅樓夢似的大家庭場景陣丈。光煮飯就是個權力戰爭。六十幾歲的歐巴桑當然不願煮了，二姑三姑聯手在廚房指揮苦著臉的小嬸嬸。吃完飯，團結的姊妹同盟立刻瓦解。

房間不夠用，二姑被分配和三姑及其男友同室。二姑一輩子花紅燦爛，身邊從沒少過男人。這次孤單一人，一路看三姑依偎老男友小鳥依人，想必心裡不是滋味。戰爭從房間裡開打，年老淺眠的二姑到處大聲嚷嚷，房間裡那隻老蟾蜍整天開冷氣開電視她哪裡能睡。

二姑心裡的潛台詞，在她漫遊各房間抱怨時，終於浮現出過去恩怨的大致拼圖。二姑一輩子是豪爽女人，浪蕩到晚年，徐娘已老的二姑沒攢存下什麼錢。反而一貫以婦德規勸不羈姊姊的三姑，不但財產殷實，還交到個更有錢的老男友。

轉機回台北的巨大的底特律機場Café中，二姑繼續對我絮絮叨叨。小時她很疼我，常帶我全省走透透遍訪她各地男友。我閉上眼睛都可以嗅聞到童年那些情慾氤氳的夜晚。二姑的那些男人，男人們的身體在夜色中汗水淋漓發亮著。二姑瑣碎回憶著她最愛的祿仔，在公館的四色牌賭場，他如何一次一次為往昔美艷的二姑還賭債。恨不相逢未嫁時，祿仔和二姑的已婚身份，讓他們熾烈的愛在婚姻的框架之外，更綿密持續地燃燒了一輩子。

三姑瞧不起姊姊的敗德，常藉機用道德禮法修理祿仔。最厲害的一次是，二姑興沖沖帶祿仔去三姑的西裝店裁布做西裝，現一下自己最愛的男人。事後三姑卻到處跟人說，祿仔趁著選布料的空隙，偷摸她的手。二姑氣瘋了，記仇一輩子。她喝著機場的咖啡，恨恨地告訴我，「我要讓她嚐嚐，自己的愛情不被眾人祝福的滋味。」

從家屋框架的縫隙回頭望，我不知道還有多少秘密掩藏著。

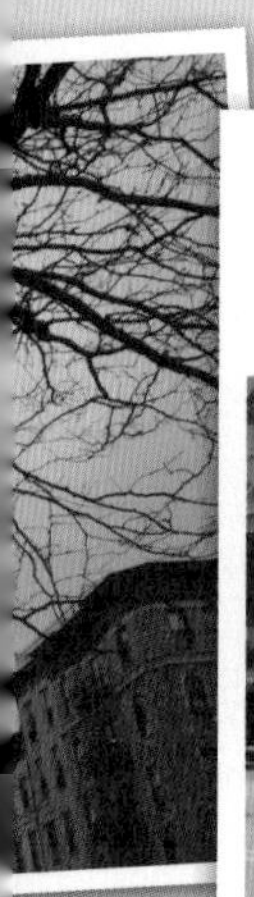

480
Elmhurst Av Station
G R V

EXIT
Thank You Gracias
Try the Best Hand Wax, Interior Shampoo

紐約大逃亡

「妳準備好說出來了嗎？」我無聲地問我的妹妹，Rose。我的話語呑噬在喉間，無聲地發出巨響，砰通直落到底，一直掉進心底。妹妹沒有發現我的異樣。

Rose坐在桌子的另一端，大口呑著冰箱賸下的印度烤餅。她昨天趕回法拉盛找家庭醫生做第三胎的產前檢查，又快手快腳地在Elmhurst 媽媽家街口老店，買了兩個小鬼Jordan 和 Ellen 特別愛吃的這種印度烤餅。妹妹另外也繞去買了珍珠奶茶，一杯要價四塊美金。然後去灰撲撲的福州餐廳買了四菜一湯套餐給老公Albert一個人吃，二十塊美金。

「福州人只愛吃海鮮，Albert做工那麼累，要讓他吃好一點。」我陪Rose在餐廳油膩膩的桌旁等，中年的女侍們一邊麻利的做活一邊講著我聽不懂的福州話。

妹妹Rose 總是嫁給說著我不懂的方言的妹夫，上次是大陳人，這次是福州人。我們兩站在餐廳陰涼的角落，門外大太陽下Elmhurst照舊走著中國人，印度人，黑人，韓國人，一樣都是灰撲撲的身影，每個人揣著大包小包過日子。下午休息時間只有我們兩個等待外賣的客人，手上提著一堆外帶餐盒，白白的紙盒上紅通通印著福祿壽喜。

我默默看著妹妹如劬勞的母鳥，一趟趟餵哺雛鳥。她成為母親之後，遠遠做到了我們的母親沒能為我們細心做到的一切。我羨慕Jordan和Ellen，我一輩子很少時候，有他們的運氣受到完整母愛的細密呵護。

要趕去上餐廳夜班的妹妹狼吞虎嚥，她沒有珍珠奶茶可喝，兩個小鬼早喝光了。她灌下了一整罐Walmart特價可樂，上州寒冷的天氣比紐約市內平均低上幾度，門外已經是一片大雪。妹妹忙著上兩個班，帶小孩，洗衣服，額頭還冒著細汗，她只穿著郵局發的厚棉毛衣，有美國老鷹圖樣的post service繡在胸口。媽媽也有一件，我所有的阿姨舅舅們都有一件，像是家庭徽章了，刻印著勞動的痕跡累累。她們在這個國家的勳章。

我的妹妹，如同我的母親，一輩子是個負責的女工，現在飄落到紐約上州，努力強悍，一刻也不停歇。

妹妹七手八腳，一陣風地趕著出門了。她沒有像我一樣，有著躊躇的心思與回憶的餘裕。妹妹逐漸變得像媽媽一樣，一輩子在亞美利堅，成為沒有棲足

妹妹在美國郵局窗口輪值當班，忙得不可開交。

的飛鳥，成為一個母親。

於是，我一直沒有說出口，「妳準備好說出來了嗎？」

*

那是美東飄落下有史以來最大風雪的那一年，發生在我們兄妹之間殘忍的秘密。幾個少數知道的朋友守護著我，陪伴我渡過那次風暴。後來好幾年，我的朋友們給這件事情一個密碼，他們說那是，紐約大逃亡。

重讀村上春樹《東京奇譚集》，第一篇〈偶然的旅人〉，四十一歲的同性戀鋼琴調音師，幾乎是我現在的年齡。第三十頁。

「我想不需要一一說明，你們就會瞭解我的。尤其是姊姊妳呀。」

一想起當時的事情，聲音就有點顫抖。有種快哭出來的心情。不過他總算控制住。然後繼續說。

他因為種種的偶然，因為同樣讀著狄更斯的《荒涼館》，因為一個和姊姊一樣，在右耳垂有顆黑痣的女人。隔了十年沒有見面的姊弟，在姊姊就要開刀切除乳房的前一天見面了。

他回憶當他要承認自己是同性戀的那一刻，十年之後還是想哭。

讀著身上帶著瘖啞傷痕的鋼琴調琴師，那麼多說不出口的曲折心情，我在書頁裡看到了自己，囁嚅掙扎著，要怎麼說出那個紐約下起封天蓋地大雪的晚上，那個讓媽媽，老羅，Rose和我徹底崩潰的晚上。

隔了十多年，我從來沒再跟任何一個人說過。包括對我自己說。

那個說出來的晚上，紐澤西家屋裡的每一個人，在客廳裡或站或坐，如啞劇的演員，千言萬語，都在塗抹著白粉淚滴的臉上奔流。我們彼此僵持著，沉默如石，空氣凍結，只有雪在窗外飄蕩，窸窸窣窣。這一個晚上，大概會整夜落下厚厚的雪掩蓋大地。凝結的氣氛中，我看著妹妹Rose瞪著我的男友老羅，用眼神無言逼迫著他做某種決定，或，宣示。媽媽癱坐在沙發上，任電視螢幕閃著刺眼的白光，映照她作為一個母親，一輩子最最難堪的背影。我看著妹妹，我望著老羅，我知道，我們任何一個人都沒有回頭路了，一回頭立成鹽柱。閃電劈下，我搶先一步，在妹妹之前先開口，叫了媽媽。我居然就對媽媽說出口。

「媽，我一定要跟你說了，我是同性戀，我和老羅從當兵就在一起了，我們已經在一起好多年了。」

*

一九九六年這一年，是我來美國念電影的第三年。我和媽媽自從我國小四年級分開之後，終於在我當兵退伍，在補習班教英文好些年，存夠錢之後，到紐約留學一圓我的電影夢，也再度能和媽媽、弟弟、妹妹生活在一起。這一年冬天，我和同在紐約留學的阿咪，陳明秀，一起合拍了我的第一部紀錄片《不只是喜宴》，正在嚴寒的冬天開始後製剪接的奮鬥。初生之犢的我和阿咪，往往為了多用幾個小時學校的電腦剪接室，週末躲在空無一人的電影系大樓Sheppard Hall，在器材室管理員麗葉塔的包庇下，徹夜剪接。美麗的阿咪和我一樣，臉色蒼白，好多天沒能回家洗澡，身上發出淡淡的體味。

深夜的雪一片又一片落在無人的學校停車道上，旁邊是哈林區最惡名昭彰，充滿著毒癮者與強暴犯的上城河濱公園。我從剪接室出來，上了媽媽給我的Nissan Centra銀灰色舊車，圍好厚圍巾戴上手套，等候暖車，小心地觀察環境，警醒地預防無人雪地中可能潛伏的意外。手中緊握的初剪毛片讓我安心，開始沉著上路。

穿過紐約林肯隧道進入紐澤西州，清冷的高速公路旁有隱約的松樹影子。路上車很少，我熟練地駛入熟睡了的安靜小鎮。進了車庫，從後門進到廚房，桌上永遠有媽媽出門上夜班前預留的飯菜。我總是在暈黃燈光下腦筋鈍鈍地吃著飯，一邊讀著泛黃字跡，寫滿著和工人男朋友老羅初識情事的軍中日記。我好想老羅，從當兵相戀以來，我們兩從來沒有分開過那麼久，那麼遠。

我和老羅在那些年的生命裡，我們彼此互為彼此的彌賽亞。他用他完全的愛救贖了我破碎家庭，畸零童年成長以來渴愛的內心追求。我用跨越階級，越界的愛的奉獻，補綴了作為一個作為九〇年代台灣凋零勞工，越來越墜落經濟底層的他所有身心生活所繫所需。我們在特定的時空情境中，相遇相愛，完全綁緊，不能分離。

我從來沒有忘記過老羅看著我的深情眼神。我們初相戀時，有一次部隊緊急集合，值星官厲聲喝喊——向右看齊，老羅在隊伍的另一頭，執意向我看來。「向右看齊！」老羅硬是和所有人相反方向，轉向左方的我。他直直看進我的眼中，熾熱火焰剎那將我焚毀。

在那樣電光石火的互望中，我領悟了，原來，我常常愛上自己的double。複雜難解的double。

小學六年級時，班上轉學來了一個泰國清邁來的富家僑生，跟著祖父母住在屈尺山坡豪華別墅。嚴厲的班導師黃美英總是指派我下課後去他家教他功課。我們兩個沉默的小男孩，一起牽著他昂貴的腳踏車走過河堤。我一直記得當時亮晃晃的河水，安靜的空氣，陽光在我們兩身影上打拋的光暈。當然我現在知道，彼時暗中喜歡上的他，其實，不就是我珍藏的那張拍立得照片裡，穿著白西裝打著紅領結，遙遠童年的自己。

老羅則是和自己截然不同的double，補足了殘破的我的另一個double。在生命被切成兩半的迷途時刻，以愛為名，咬緊齧合，讓我不再感到欠缺的double。

也許就是有他，我在美國留學那兩年半，如此心無旁騖，如貞潔的聖女從無貳心。某個燠熱夏天到紐奧爾良的冶遊，同行的同志姊妹淘拼命打砲，我卻為了路邊一個酒鬼搶走我手中滿袋的肉桂咖啡粉，充滿正義感地跑遍全城追趕搶匪。我氣喘吁吁走回旅館房間，剛好看到滿臉潮紅的旅伴套上褲子，汗水淋漓，和我一樣經歷一場大戰。留學第一年，寂寞難耐，有一次潛入室友房間偷偷嗅聞他的緊身黑內褲，已經是我最大尺度的出軌。

我終於費了好大的力氣，幫老羅辦好美簽，讓他可以飛來美國看我，陪我度過那個美東就要落下最大風雪的一九九六年冬天。

那一年，我的妹妹Rose和會打她的第一任丈夫小強剛離婚，我們和媽媽一起搬到一個貧窮的白人小鎮North Arlington，在Amtrack高架鐵路旁，路上走著的每個人似乎都失神寂寞。

*

為了要對妳講出來，我強迫自己回想。我已經完全忘記當年事情是怎麼發生的，我只記得那個冬天我好忙，我總是把老羅丟在家裡。我只記得媽媽對我說過Rose也太誇張了。可是我到底是怎麼發現的？我不記得。我一點都不記得了。我有辦法像那個滄桑的鋼琴調音師一樣，用那麼平靜的語氣重述回憶，重新和妳核對當時沒辦法對質的心裡的話嗎？其實我一點也不想。我只覺得好像做了一場荒謬的夢。都十幾年過去了，為了說出來，我強迫自己拼命回想細節、原因、經過、後續、毀壞與修復。光要逼自己回想，都令我開始頭痛，腦皮下層反射性地發麻，迴旋出抗拒的渦。想到要回頭翻看那一年的日記，尋找隻字片語的遺骸，我一直拖延，不想讀到那時痛苦、雜亂、跳接的心碎的字跡。

我還是打開了一九九七年一月一日開始書寫，我像失憶症病人一般掙扎，漫漶殘缺，這裡那裡一個字一句話，在一路亡命天涯痛苦如同從腦皮下層一片

片剝撕，搶救記下，殘遺的日誌。粉紅色紙頁，那麼鮮麗，比血還紅豔。我在逃亡路上一路寫日記，給十三年後的自己靜靜閱讀。都過了十三年了，還是不忍卒讀。往昔那刻的自己，挖剖出心肝，暈紅了紙頁，殺殺寫下，給自己，給妹妹，給媽媽。

我用盡力氣強迫自己對妳說出來。我的妹妹，妳呢？我想到畫面遠方那群橋上的倖存的孩子們，我們和妳的國小同班同學許麗秋哥哥許皇育，同樣是苦命的孩子們總是聚在一起安靜流汗打籃球的那個河堤路上，也是妳省下每個週末屆尺國小營養午餐好好喝的豆漿，小心翼翼一路手捧著要拿回去給阿公阿嬤喝的橋堤上。畫面模糊失焦，孩子們的身影撲朔，可我記得無比清晰。

前幾年，妳出了十五萬台幣，那是妳在紐約上州郵局勞動一整年退稅的錢，幫阿公阿嬤撿骨安厝在慈恩園。妳特別從紐約飛回來，回到退縮的少女時代，又變成那個乖巧安靜的小女孩。入塔那天，妳拿著小DV，很不專業地一邊拍一邊唸唸有詞，也許在跟阿公阿嬤說話，也許在對妳的兒女們說出我們家的故事，我們童年經過的事。妳那麼專心，像小時候妳開心地在海邊瞇著眼睛縮著鼻子隨著海浪跳起來，我轉頭看到，一直記得在海濱那麼單純快樂的我的妹妹。妳那麼專心對著小DV對著妳的兒女們說，就像我喃喃自語在這麼多年後，終於對妳說。

＊

我從來沒問過我的妹妹Rose會如何回憶老羅，如何拼接那些紐澤西閣樓逐步展開的春情。我在剪接室。我總是在密閉的剪接室啊！媽媽其實已經開始擔心了。媽媽會提醒我，Rose真是的，才剛離婚，Jordan 也在家，怎麼跟你台灣來的朋友三三八八的?!保守拘謹的媽媽一向不喜歡妹妹Rose 作風豪爽，過度熱情，在媽媽眼中簡直是不守婦道。我倒是一直很欣賞妹妹這種直接開放的個性，我甚至還鬆了一口氣，還好有我好客的妹妹，不然，千里迢迢把老羅帶來美國，我卻總沒時間陪他，他在這種鳥不拉屎的美國小鎮，不悶死才怪?!

後來，老羅慢慢鬆口，一點一點透露他和妹妹曖昧情事的始末。老羅一直堅持是妹妹Rose誘惑他的。妹妹如何在閣樓房間裡一套一套換衣服，愛嬌地笑問老羅這件洋裝好看嗎？要老羅幫她扣上背後的拉鍊。老羅說，妹妹漸漸要求他快下決定，到底是選我還是選她？妹妹要老羅快跟我攤牌……這曖昧進行中的一切一切，我完全不知道。果然如陳腔濫調所說，我終究是最後一個知道真相的人。

回台北後，偶爾老羅會重複聽著許如芸的〈如果雲知道〉——如果能夠飛簷走壁找到你，愛的委屈，不必澄清，只要你將我抱緊。他一次一次按著Replay鍵，歌聲如泣如訴，那麼縹緲優美，漂浮在半空。我知道，老羅此刻一定在想Rose了。

我們在阿咪的房間裡，我們這群在紐約尋找自己的台灣吳爾芙們，談著情義與情慾。我們討論出一個格言似的真理，「對元配是情與義；對第三者是情與慾。」是誰想出來的啊？是知諭嗎？還是陳明宜？每個人都大笑說，那我當然要當第三者，當「慾」才會爽啊，誰要當「義」啊?!

我和老羅先胡亂參加了尼加拉瓜瀑布團，媽媽幫我們在中國城旅行社找到隨時可以出發的便宜團。美加邊境的遊樂場，我和老羅像幽靈一般在空蕩蕩的攤位之間晃蕩。我們走進回想起來完全是B級恐怖片的哈哈鏡鬼屋，一切拉長，變形，扭曲。墜落。毀滅。我們繼續逃亡，回到紐澤西，搭了媽媽的車趕赴Newark機場。一飛到佛羅里達立刻租車開往西礁島，終於來到美國國境最南端。

紐約大逃亡，最開始，是我聰明慧黠的好友紀大偉給我的標題，一個充滿慈悲的註腳。

我想到阿咪沉穩地運送我逃離紐約城。《不只是喜宴》緊密工作養成的依賴感，讓我當晚離開炸毀的家的殘骸，唯一能去的庇護所，就是阿咪和她妹妹住的哥大宿舍。那個曾經歡笑宴宴，人聲影綽，總是擠滿了美東台灣留學生的客廳，許佑生、陳明祺、陶儀芬、廖錦桂、吳介民、范雲啦。有一次，我們擠在這個客廳看陳若菲千里迢迢帶來紐約首映，我還記得是臨界點溫吉興演出的《強迫曝光》。

阿咪明快地幫我安排住處，不用言語地布置好所有細節，一如我們兩人並肩拍片時，遭遇的所有意想不到的突發狀況，那樣有默契。只是，這次是我生命裡遭遇的真實殘酷劇場。

冷靜的阿咪指揮媽媽載著我和老羅立刻出城，一路冷冽的空氣在車窗凝成薄霧，我看著車外紐澤西荒涼的風景飛逝。North Arlington，荒涼小鎮，傷痕小鎮。媽媽也在那個小鎮發現了何先生和他老婆的計謀。小鎮一點都不平靜，寂靜中隱匿著通姦與虐殺的騷動。後院矮牆籬笆隔壁住著一對金髮碧眼的年輕夫妻，從來不曾對我們微笑。

所有人事後的分析，妹妹Rose和老羅那時不搞上也難。失婚的妹妹在寂寞的小鎮百無聊賴，我的油漆工情人老羅在美國形同啞巴，鎮日無人的屋內只有妹妹招呼他。而就在同一屋簷下，我的母親也夜夜失眠，守門等著未歸的何先生。

何先生是媽媽來美國多年之後，再婚的對象。何先生和媽媽結婚十年，兩人相處的模式恬淡客氣。我們對何先生總是禮貌而生份，心底倒是覺得媽媽在美國生活如此辛苦，有個老伴陪她也不錯。何先生跟我們住在紐澤西，他每天早出晚歸，在曼哈頓四十七街跑單幫做廉價的珠寶生意。紐約的珠寶街完全被猶太人壟斷，何先生生意清淡時，總會拿些滯銷品跟媽媽周轉。當初是郵局同事麗君介紹媽媽到泰國相親結識的，阿姨舅舅們們都在背後竊竊私語，這個何先生一定是為了綠卡才跟媽媽結婚的。可他和媽媽這麼些年，總是相敬如賓，好像也沒什麼大問題。我們只覺得屋裡多了個生份的客人，好似隱形人般終日不在家。

何先生越來越少出現在家裡了，媽媽面容哀戚，總是等門到半夜，在沙發上睡著。媽媽偶然透漏隻字片語，說奇怪了，何先生在泰國的前妻好像也搬到我們這個小鎮。North Arlington人口稀少，這巧合未免太過蹊蹺。我們後來才知道，何先生和他前妻為了拿到綠卡，在泰國先行離婚，各自嫁娶了美國公民。這麼多年後，他們終於能夠在美國落籍團聚，就在North Arlington這個紐澤西小鎮。

*

媽媽在深夜等待何先生。媽媽大約知道Rose和老羅的事情，但媽媽從不懷疑我是 gay，她沒有 gay 的概念。媽媽甚至還偷偷準備了一疊她郵局夜班同事介紹的相親照片，等待適當時機要讓我挑選。大多是來自東南亞的深膚色姑娘們。放在抽屜的照片裡，那一雙雙無邪的大眼睛澄澈無比，悲憐地看著媽媽。她們好像知道，就在這個大風雪之夜，身上已經烙印如此多傷痛的我的母親，又將面臨一個巨大秘密的揭露。

秘密的揭露將我們倖存的家再度炸成碎片。我看著車窗外飛掠的紐澤西，呵著氣看到玻璃霧上一雙朦朧的淚眼。我無聲流著淚，媽媽從後照鏡擔心看著我，小小聲跟阿咪說，俊志從小很少哭的，我幾乎很少看到俊志哭。

爸爸媽媽出逃美國前，特別帶我們去算命。算命仙的住所總沾帶著奇異的氣氛，窗外的霓虹燈一閃一閃在我們身上輪轉，投下姹紫嫣紅的光影，照到身上，映射著某些文字或圖案的的局部。他在大紅紙上批上我們四個小孩的八字流年，淋漓的毛筆字漸漸乾涸。爸爸顯然很信他這一套，慎重地將紅紙收好。媽媽那段日子總是哀愁地沉默著，她開始細心整理我們從小到大的所有照片，一個小孩一本，至少讓她的孩子們，擁有自己獨一無二，完完整整，與過去那麼多稍縱即逝的片刻，一點湧現溫情的連結。

現在想來，月娥當年一張一張看著過去的照片，細心黏貼上相簿紙頁時，那個念頭已經悄悄鑽進她心裡了。她用手溫柔地輔觸昔日完整的家庭，一個都不少，一個都不能少啊。就在那停住的時間點，月娥腦子裡也許已經驚悸地發生了，一旦去了美國就再也見不到孩子們的預感。或者，永遠不再是照片裡的樣子了。不可能一樣了。她將用移動的後半生領悟，這是流亡者必須付出的代價。

媽媽看似如此溫吞緩慢，但在紐約大逃亡的當下，她比誰都明快地下了決定，她是真正知道什麼是創傷的人。「俊志，你帶老羅立刻走，你妹妹為了愛情是會不擇手段的。」媽媽開了車要我和老羅先躲到阿咪一百一十街的公寓。我一路看著冬天窗外蕭瑟的紐澤西公路，這是我曾經最熟的一條美國公路，我的心比誰都荒涼。

在阿咪家過了一夜，媽媽領了錢載我們到紐沃克機場，我甦醒了一點，開始有一絲力氣，帶著老羅，開始逃亡。

媽媽會那麼果決的一路狂奔ATM領錢，要我和老羅立刻逃走，我猜想，這一定是和當年阿珍阿姨帶給她的創傷有關。媽媽深深知道愛的爭奪是再慘烈不過的鬥爭。那樣殘酷的對決，如今竟然要發生在她拼了命也要保護的一雙兒女身上。「愛情的世界容不下一粒砂。」父親說。「愛情的世界容不下一粒砂。」阿珍說。「愛情的世界容不下一粒砂。」媽媽喃喃重複唸誦。

我記憶中嫻靜的媽媽如此熾烈地愛著我的爸爸，而她彼時生命中唯有這一個比天還大的男人，一失手於那無堅不摧的敵人美艷如白狐的酒女阿珍，我的母親就要崩毀。（父親老去落魄孤獨住在新店祖屋這些年，阿珍曾來探望過他一次。那麼多年過去，阿珍依舊艷麗不可方物。她全身穿著雪白的皮草，脖子上一圈狐皮圍領，襯托她白嫩的肌膚更加姣好。當她走進父親破舊的老屋，我似乎看見一道銀光拖曳而來。）鈴鈴鈴，鈴鈴鈴，萬盛街丈夫外遇女人阿珍無聲電話一通通，媽媽咆哮竟夜。多年後夢中白狐的意象仍然不斷湧現如閃電，那麼美麗，那麼殘酷。

三十年前這樣慘烈的愛的鬥爭，一定在媽媽身上留下了一道道深刻的傷痕。幼童的我在萬盛街深夜房間裡寤寐醒來，竟然聽到我的父母親歡愛的聲響。媽媽喘息激烈，壓抑不住的叫聲，像哭泣一聲又一聲。三十年後的逃亡途中，我和老羅某夜住宿在尼加拉瓜瀑布旁，一棟單調的灰色Motel裡。對著房間鏡子，我拍下和老羅最悲傷的性愛。

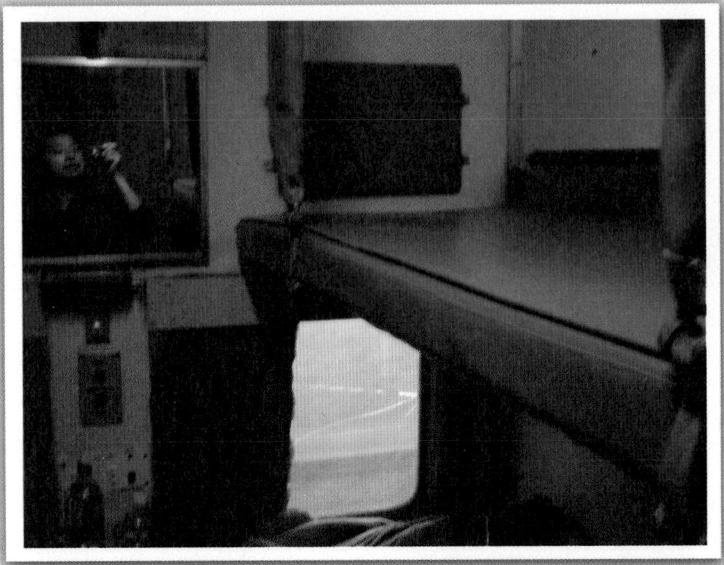

「火車就這樣慢慢地搖晃過整個夜晚。」

*

Rose，我的妹妹，我其實一直沒跟妳講過，有次在Elmhurst書架上，我無意間看到妳少女時期的日記本，裏頭瑣瑣碎碎寫滿了妳初到美國的心事與煩惱。妳暗戀班上俊美的韓國男孩不成功，終於認命在中國餐館打工，妳也在那時愛上午夜廣播傳來輕柔的Chicago樂團唱的所有情歌，甚至還攢了錢到大西洋城買最貴的票聽他們的現場演唱會。

我們兄妹手足如分軌的火車，在成長的好多年間，寂寞地前行，沒有機會分享彼此親暱的少年情事。

妳和弟弟在Elmhurst長大，媽媽忙著在洗衣店做工賺錢，沒有多些時間照顧你們讀書做功課。半大不小才來到美國的你們英文總是學不好，媽媽想了想，把妳和弟弟送到上州五阿姨家寄宿，想說那邊至少學校裡都是白人，可以強迫你們英文進步。妳一封一封寫給我的航空郵簡裡，寫著你們在五阿姨家多不快樂。青春期發育的你們，飯桌上要再添飯菜時，儉省極了的五阿姨五姨丈就會用你們聽不懂的西班牙文叨唸。我在台北讀著信，又心疼又憤怒，即使一直到今天，在紐約的家族聚會裡看到五阿姨全家，我總是客套冷漠，和你們一起承擔青春期挹壓在心底的委屈和憤怒。

妳在一封信裡寫道，妳以前常去紐約華埠孔子大廈旁的戲院，專看那種兩部聯映的港片學廣東話，才可以和法拉盛時髦的港仔廝混。有次戲院裡突然槍聲大作，妳呆呆跟著大家跑出戲院，妳只惦記著電影沒看完，才沒興趣知道到底是哪一夥華青幫在搶地盤。一定就在同一時期，我也正在台北破爛的二輪戲院福和僑興白雪大光明，看點指兵兵汽水加牛奶，想起我們的人生不就宛如這樣邊緣的香港社會寫實片，在漩渦中迴轉飄盪。

少女的夏天。那是妳從新店屈尺的阿妹仔就要蛻變成紐約的Rose前的最後一個少女的夏天。妳和阿弟返台度假，兩個人好乖想打工賺錢，給辛苦養我們長大的阿公阿嬤用。我嘴壞笑妳，去了美國都兩三年了，英文還是那麼爛，我看只能去工廠當女工了。妳後來果然乖乖去通用電子公司做工，和我們雙溪口村子裡所有的鄉村女孩一樣，回美國前把所有的薪水交給阿公阿嬤。

我更壞嘴地調侃妳到了紐約以後，一定跟電影裡演的一樣，肯定不是virgin了。那時還不夠「美國化」的妳，又窘又急，氣得好幾天不跟我講話。表妹姵姵和她螢橋國中那票好T的女同學們，比我有義氣多了，總是陪妳和阿弟在悠閒的夏日到處晃悠。妳們認識了一群很台的男孩們，一起到海邊玩。我知道妳回紐約以後，繼續跟這群不擅言詞，面容靦腆的台客男孩們通信了好多年。當然，在往後的歲月，你們再也沒有機會重逢。

往事一下子罩住了我。Rose，我看到妳在日記裡寫下自己的初次性愛，妳在紐約不同的中國餐館打工，早早和小強談戀愛，生下Jordan。我那在海浪中純真笑著的妹妹，妳在一次一次我不知道的愛的練習中長成一個成熟的女人。一直到紐澤西那個痛苦的雪夜，我和妳承載著彼此從未知道的情慾往事，如兩列失聯的火車迎頭對撞，慘烈無比。

妳這些年來戀慕的，纏綿的，不同的男孩們，平行著我在台北愛過的那些這些男孩們。往事歷歷如潮湧來，飛掠而過。Rose，我的妹妹，我多麼渴望一件一件對妳訴說我經歷過的少年情事啊。新公園那匹俊美的狼。永春街細石浴缸滾燙水氣中，幾乎令我昏厥的性。當然還有阿明，我第一段刻骨銘心的愛。「過去一次又一次斷層的愛，要的絕不會是另一次等待。」公車走過行天宮旁阿明工作過的日本料理店，我重複聽著卡帶裡鳳飛飛的歌聲，我的阿明就要娶妻生子，我再也不會重返的愛。窗外天光突然就黯淡失色完全看不清台北的街景，我幾乎以為這就是世界末日。

直到二十五年後，車行舊地，場景已經如舞台迅速無聲抽換掉沾染悲傷的景片，無比緩慢卻又似乎是轉瞬之間，透露出時間滄桑前行的溫厚。兩對情侶，阿明和他現任ＢＦ，我和我的北鼻阿城，一起到過去阿明愛去的居酒屋為他慶生。就在這個六條通的小巷裡，我曾和阿明吵吵鬧鬧，尋死尋活多少次。此刻阿明曾有的好歌喉早已沙啞，唱不出聲。我的阿城和阿明他Ｂ，兩個青年站在台上，那麼和諧一起唱著〈家後〉。放著老婆和三個小孩在家裡的阿明，現在已經老到懂得放鬆，在街上怡然牽著他Ｂ的手，跟我們道別。

又過了好多年後，在妳和福州男孩Albert的婚姻陷入低潮時，我和媽媽陪妳搬家到維吉尼亞州。早熟的小女孩Ellen狐疑地看我翻閱妳當年和小強褪色的結婚相簿，「舅舅，這個人是誰？」我不知道如何跟小Ellen解釋，為何妳身邊的新郎不是她的把拔Albert。在旁邊的Jordan又著急又尷尬，拼命跟我使眼色，小小聲說，「舅舅，妹妹那麼小，她不知道我們是不同爸爸啦。」

小Ellen急著翻開相簿下一頁，夾頁掉出一張妳小時候穿著和服的羞澀照片．我感嘆造物者的神奇，妳的女兒和妳小時候如此相像，一樣的塌鼻子一樣的小眼睛．妳不再是Rose，妳還是那個稚幼的阿妹仔，奮力朝時間溯游前行，我們在新店祖屋，熬過童年，等待長大。我看到了時空交疊流逝，童年的妳和我又再度一起走在屈尺堤防上，我們去找許麗秋許皇育打完球後，兄妹兩一起走路回家，那個寧靜永恆的畫面。

老羅破壞了這個神聖寧謐的關係，讓我和妳竟然站在荒謬殘忍的情敵的

小時候穿著和服的阿妹

當了媽媽的Rose和兒子Jordan。

位置。

「是啊，結果我們還在一起，但是都跛了腳、瘸了腿。」

*

我讀了自己十幾年來不敢重新翻開的逃亡日記，我才知道從西礁島回來之後，我早已如荒原的空心人。仔細回想，和老羅最後分手的關鍵，不在Rose事件，而是我已經變成另一個人了。創作拍片這件事充滿了我，我沒有剩餘的空間給苟延殘喘的愛了。但老羅還是原來的老羅，他更可能覺得，他當初犧牲了選擇與Rose在一起，回到我身邊，換來了卻是，成天在外面蹲點拍片，心已經飛向一個他完全不懂的陌生世界，不再像以前那樣全心愛他。那個曾經沿著桃園一家家柏青哥店尋找他，那個會帶他到一個個工廠應徵，心疼他連履歷表自己的名字都不太會寫的我，已不復存在了。

好多好多年以後，柏蘭芝在深夜永康街大家都喝醉了店名叫Mei's的小酒吧裡酡紅著臉好大聲幾乎是用吼出來的，「妳們說我怎麼能不疼Mickey?!在美國那麼久沒聯絡，突然打一通電話說他在佛羅里達不曉得什麼地方，說他妹妹和老羅睡了。Mickey 只跟我說了一句他不要活了，電話就突然完全沒聲音。我趕快打回紐約，Mickey 媽媽說她也不曉得他們躲在哪裡。」

深夜小酒館甘香的白酒哽咽在我的喉間，我的表情一定木然如鐵石。那雙驚惶無比，看向遠方，沒有焦點的眼睛。那些夜晚，我們疾駛在美國國道一號公路，公路上總有一隻隻被撞死的鹿，夜色中睜著臨死前渙散失焦的眼睛。

整趟逃亡之旅，妹妹Rose無所不在。老羅看著公路荒涼餐館的英文菜單，要我幫他點他唸不出名字的啤酒，那是過去妹妹從紐澤西超市買回來給老羅喝的牌子。我若無其事溜到餐廳後門打collect-call給母親報平安。絕望的愛情，石化的過程，那麼緩慢那麼痛苦，內裡有千萬種變化，旁人看來只是面無表情。

蘭芝說，Mickey永遠都這樣，愛情上遇到可怕的傷害，之後，Mickey就會完全變成另一個人，像變色的石頭，冷酷地換色，徹底地變成傷害他或被他傷害的人。

沉默如石的鹽柱時刻，一爆開迸裂，我的媽媽失去了兩個孩子。這其實是我心底最恨老羅的地方。

＊

在印度山巔數百年前的王室古堡，他和在夏姿打工的時尚男孩一起到這個古老的國度旅行，住在影展提供的豪奢房間裡。他們鎮日在皇宮的屋宇間曬太陽，有時披著浴袍，有時就穿著泳褲。幾個月前他們在網路聊天室邂逅認識，兩人喝著紅酒在男孩租賃的昏黃房間內嬉鬧親熱。那個永和窄巷底的小房間裡，床邊瓶瓶罐罐都是他收集的各式珍奇乳液。做完愛男孩翻身就睡，年輕的身體微顫打鼾，氣息輕緩無邪，絲毫沒有聲音。

站在皇宮屋宇眺望，他看到對面山坡平緩處，一群僕歐每人手上拿了一塊淡色的布，仔細凝望，才看得出是色調瑰麗的從沒見過的某種粉紅。僕歐們認命的身影從容不迫，完全是印度的節奏。他們慢慢將一大張桌布覆蓋綿延，山坡上綻開一叢叢櫻花紅，他知道那是黑澤明《夢》裡頭，那些女兒節的人偶幻化成形。

逃回台北之後，我偶然一個平常日子，發現老羅用牛皮紙袋藏著Rose寄給他的照片，我什麼都沒說，悄悄將紙袋放回原處，從沒讓老羅知道我看過那個紙袋。我和妹妹大約有兩年的時間不曾聯絡，一句話也沒講過。時間流過就像靜靜的冰河，雪封酣睡中多少動物植物冬眠著。後來妹妹嫁給了福州男孩Albert，生下了女兒Ellen。我在實踐大學兼課，認識了來旁聽的大學生小武，我

們在師大路租房子同居，傍晚日落以後一起到師大操場跑步。老羅殘留的暴力陰影偶然還會干擾我和小武的生活，我會時時注意樓下大門有沒有關緊，鎖匙孔是否密閉鎖死。

妹妹生下Ellen之後，我為了考美國公民，打手印，辦理宣誓種種移民局繁瑣的手續，飛回紐約家裡好幾趟。剛做完月子的妹妹，每天早上在Elmhurst廚房慵懶地燉湯，繼續喝完她懷孕時得知是女兒，特別在唐人街買的燕窩。我和妹妹兩人再也沒有誰提起過老羅這個人，那好像是上一輩子發生在別人家裡的事了。我們兄妹的感情比出事以前更好，比以前更親，更加無話不談。我們有絕佳的默契，誰也不曾提起過這件事。

我沒機會問過妹妹，但我想，她一定和我一樣，寧可不曾有老羅這個人存在。

尾聲

電光石火那一瞬間，他俯下身體偷偷耳語，你我已是無家之人。

幻影之家

寫作此書的同時，我貪心地既書寫又想同時留下影像。我訪談家人，隔海拍攝每個人記憶中不同真相的家族紀錄片。泅泳彼岸，與多年來心底的闇影搏鬥。同志議題的持續造像則跨界到劇情片，以鯨向海的詩句為幌子，沿海岸線徵友，回顧農安街轟趴事件，為九十二個先鋒的同志犧牲者，寫下一則迷離的傳奇。

屋內堆滿了各色筆記本，膠捲，燈架，反光板。然後，我越來越孤僻，足不出戶，把拍片留下的道具陳設滿屋，在幻影與真實交界處，結繭吐絲閉關寫作。電腦屏幕熒亮，邵祺邁的劇本傳來，我一個人繼續寫作。黑暗中只賸文字發亮，意象，情節，人物，氣息，飄浮在空中，快轉如雲。

最終場

地點／小海和魚在一個背景模糊的趴場

人物／小海，魚，人影模糊的趴客們

時間／凌晨四點半

水紋燈、黑光燈加閃燈，詭奇的氣氛。來這裡的人都未滿三十歲，纖瘦卻有結實的肌理線條。都會美少年。這裡是一方私樂園，固定舉行High Party，人數不等，來來去去。這個海洋主題趴體規定上半身不能穿衣服，下半身是白內褲和泳褲。在舊公寓的三樓，一廳一衛沒有隔間，Party的主人把這裡陳設成「海洋概念」，水藍色牆面，繪著一些海星、海葵之類的生物，波紋燈的水波投射到天花板上，甚至還養有一缸魚。

放著嗨歌的筆電，螢幕閃爍著如腦波的音波畫面。不時噴洩的乾冰，像滿足之後的疲倦，一聲聲安靜的嘆息。稀微的晨光從白色窗台半透光的簾幕透過來。有人睡著了，不知夢著什麼，身體稍微扭動著。

小海從堆疊的幾具身體中醒來。凌晨四點半，趴體不知道是在什麼時候結束的。

魚OS：喂（未醒的聲音）

小海：是我

魚：起床啦，這麼早（突然清醒）

小海：嗯

魚：身體好點沒？

小海：好多了

魚：那就好

（兩人沉默）

小海：去找你好不好？

魚：現在嗎？好啊好啊，你在哪裡？

小海：在路上，快到了⋯⋯

△Graphic design 跳出詩句：

「劫難之後，所有的人都齊聚到海邊來看海。有人想著魚，有人是魚的本身。」

我在我的屋子裡寫作，認識與不認識的男孩們持續造訪，在不同的時刻走進屋內，和我一起進入海底的世界。在那些瀕死的時刻裡，世界安靜美好，整個屋子只剩夢幻泡影。黑暗中沒有人。我凝目穿透泡影，一層又一層如晦暗的光團包裹著薄如蟬翼的介面，這是菲立普・狄克《關鍵報告》裡的記憶源頭。我的屋子充滿著我拍過的所有影片存檔，以倍數運算儲存，伸手一按，文字與畫面泉湧而出，迅捷又遲緩，永恆並且徒然，都在這些膠囊介面裡。

好多好多人出現，伸手互相觸碰，尋找自己或他人的泡影膠囊。那麼急迫想要縱身跳入，好像不跳入一遲疑就要永遠失去。

男孩們身體依舊光滑矯實，螢白色的泳褲格外顯眼，一個個靠近，「要不要再補一件？」男孩們眼神親愛友善，像就要滅頂一列列沉默的艦隊巡航泅泳，發不出的話語好清晰的聲音傳來，「你還好嗎你還好嗎你還好嗎？」

「是的，我還好。」在深海地底遲緩下來的我看見了《芬妮與亞歷山大》片子開始的皮影戲，孩童的眼睛無邪地往秘密的入口張望。姊姊死去那天我在電影圖書館放映室看到的最後一場電影。那是冷冽寂靜的柏格曼擬仿自傳的，華麗鮮明的人間劇。

父親母親叔叔姑姑阿姨輪番上台，認識與不認識的男孩們在不同的時刻走進屋內，你們和我們要一起進入海底的世界，沒有退路。轟然嘩笑，人生眨眼

攝影：陳大力

就在一瞬繽紛豔麗所有人眼看就要退場，又寂寞又美好。此刻我已經疲倦的說不出話來了。蛻去顏色的皮影戲台上那些闇啞的片段，閃現的靈光，如跳動的光束刺激我的眼瞼，緩慢地張闔。

電光石火那一瞬間，他俯下身體偷偷耳語，你我已是無家之人。

永遠的
美麗少年

陳俊志
紀念特輯

俊志的天才夢

張小虹 台大外文系特聘教授

猶記第一次看到俊志拍的紀錄片《美麗少年》，直覺是天才，影像節奏的收放自如、活潑流暢，在歡笑中有悲哀的底韻，而悲哀中又有勇氣傲骨，美麗而強悍。直到讀到《台北爸爸／紐約媽媽》才發現，原來在文字創作上俊志也是天才。

俊志是說故事的頂尖高手，只是這用一生來書寫的故事太過刻骨銘心，字字血淚，家族史不只是家族史，而是整個台灣政治經濟文化變遷的縮影，少年成長史也不只是成長史，而是同志情愛性慾的啟蒙與幻滅。俊志並不濫情，對文字敏感，對敘事的節奏與距離掌控得當，但真實的生命經驗卻穿刺而出，比所有的通俗劇都更誇張、更摧心肝，讓可能出現的失誤都成了創傷的徵候，邊讀邊流淚幾乎成了必然的「讀者反應」。

俊志走了，但我們總還是可以在文字裡與他相會。

彼岸的快樂王子

李桐豪 作家

琪姊去年冬天離開，但我總是在臉書的每一天看見伊。

琪姊不吝惜讚美年輕寫作者，每一則動態回顧，無論是自己的，或者共同友人的，總是少不了伊的花枝亂讚和熱情回應，故而我總是有一種琪姊不曾離開的錯覺。琪姊真的還在：伊關懷的葉永鋕故事，被蔡依林拍成了 MV，伊的回顧影展現正熱硬中（沒有寫錯字，故意的）、《台北爸爸，紐約媽媽》換了新裝在書店重走台步，簡直可以想像伊三三八八地歡呼著：「新書好美，老娘真是太喜歡了。」

然而伊歡顏底下藏著令人碎的身世，爵士的女兒將家族故事的華麗表象擊碎，字裡行間是一地碎玻璃，伊的肉身被割出傷口，仍兀自在回憶中匍匐前進：「新店溪和哈德遜河的波光粼粼中，世界的盡頭，一個新的家浮現。我隔著光望去，滿心感激。」

伊在時間長河這一岸深情眺望，和往事和解，然後，伊也跨過那一岸。

所有傷人的碎玻璃被伊的肉身磨成了鑽石，傷口汩汩流出鮮血，皆化成玫瑰。

琪姊啊，您真是快樂王子（或公主，或彼岸花，您盡可揀選您喜愛的封號 Whatever），一無所有，仍慷慨地給予這個世界愛。

彼岸的快樂王子，願那邊跟王爾德的童話所說的一樣美好，好花常開，夜鶯常啼，然後亦有大屌帥哥常伴左右。

永遠的美麗少年

陳雪 小說家

認識陳俊志好久了，一九九八年吧，那時他剛拍第一部紀錄片，我是受訪者之一，那時他還沒自稱琪姐，大家都喊他 Mickey。

最早時光，酷兒時代，大家都好酷，什麼都敢，我們見面都是三三八八亂談亂聊，我還不知道他後來寫出的家族故事，他也不知道我的坎坷過往，偶爾我從台中到台北參加活動，總是借住他家，他的屋子裡最驚人的就是書本，每一本都細心包上書套，非常愛惜，那時大家都窮，他總會用最節省的方式把屋子打扮得美麗又實用，我那時感情不穩定，他也在一段辛苦戀情裡，我曾在感情狀況最慘時去逃難似地去他家借宿，兩人徹夜聊天，又哭又笑，那時我才知道我們都是苦命的孩子，各自從生命的泥濘裡爬起來，一路顛簸，惺惺相惜。

後來我也搬到台北了，辭掉工作專業寫作，滿心惶恐，他熱心邀我出門，騎小綿羊機車帶我去認識環境，介紹哪吃便宜好吃的自助餐，哪兒採買生活用品，去哪看二輪電影，他說台北餓不死人，教我怎麼在這個殘酷的城市裡生存下來，好好寫作。

這麼多年他一直都在拍片，起伏都有，《美麗少年》風光上映，他豔冠群芳，風風火火，但轉而去拍葉永鋕，勤懇蹲點，一拍數年，還有許多拍片計畫，辛苦漫長，他也都逐一完成。後來知道他開始寫家族史，報導文學，一下筆驚人。

《台北爸爸，紐約媽媽》出版，改編舞台劇，他成了暢銷作家，總是笑說自己是華文暢銷天后，臉書時代開始，他是最耀眼的明星。那時他成了琪姐。

後來大家都忙，住得近反而見得少了，有了臉書總覺得知道彼此消息，就像見著面，我們最後一次同台演講，還說好要約吃飯。後來他突然從臉書消失，我以為他專心創作閉關去了，再出現時，才知道他病了幾年，大病與父喪摧折他，面容消瘦，我幾乎認不出他來。

在我記憶中 Mickey 總是美麗強悍的，即使後來病中憔悴，他努力養病、養肉，書本不離手，還感覺到他一股雄心壯志，同運二十幾年的努力不用多說，他在紀錄片與散文寫作的成果早就得到證明，我從妖女變成馴良人妻，而他一直都是強悍酷兒，他偶有癲狂之舉，看似飛揚跋扈，可我知道他有一顆最溫柔的心，他嘗過人世間最艱難的苦，所以能看見最黑暗中幽微的事物，並且將之轉化成可以飛起來的光，照耀世間受苦的靈魂。

——原載二〇一八年十二月二十日《蘋果日報》

生如夏陽亮麗、死似秋葉淒美

楊力州 導演

嗨！米琪

我們是性格迥異的二個人，妳亮眼、才華洋溢；我寡言、性格無趣，但一九九七年時，紀錄片把我們拉在一起。在外面妳像個孩子似的天真、勇敢，但我總是在家裡常常看到妳的靜默。妳總是在影片的映後對聽講的觀眾自稱是潑婦、八婆，但我知道那叫做正義。記得那段時間，妳總是身陷拍攝葉永鋕的深深悲傷中，妳總是憤恨不平在性別暴力的故事裡。因為拍攝紀錄片，我們都是有幸的人，但也是不幸的人。最近在整理妳的作品，也把這些影片重看一次，也意外找到一些資料畫面，在同志運動的現場，妳站在第一線捍衛著；在國外影展的映後座談，妳流利的與觀眾闡述創作的美好。在看片室裡，看著一幕幕的記憶，我淚水不停，本來想寫文字罵妳的，卻不知不覺想妳了。

從此沒有人再叫我阿季

楊索 小說家

那夜細雨微涼，我們談起近日猝逝的人，道別時，相互握手更重一些，「趕快約下一攤喔！」

說說著，一顆火球墜下來，同溫層熊熊燃燒，你在火海深處，彷彿看見你伸著手喊：救我！或，那是你告別的手勢。

俊志，你這三八姊妹，初識第一回，開口就：「老娘，老娘我……」沒在怕，毫不遮掩你的同志身分。不瞭解你的人，還以為你輕巧出櫃，全不費功夫。

讀你的《台北爸爸，紐約媽媽》，你父親就如白先勇小說《孽子》的李青父親。你返家過年，「父親咆哮著要跟他斷絕父子關係，如瘋狂的獸嗥叫，咬牙切齒地說他的同性戀丟盡全家的臉，要他在陳氏祖先牌位前下跪。」你冷笑衝出門，一走十年。

你用第三人稱寫自己的故事，像站在鏡頭後，隔著距離觀看自己，是因為太血肉模糊，不忍卒睹，太痛太傷，只能假扮一個站在制高

點的全知者來敘事嗎？

小男伴以外，你像蝴蝶飛舞、忙於找尋花粉，除了我，你也四處叫人「阿季、阿季」（阿姊），你渴求來自女性的情感慰藉，肯定可作女人的閨蜜。

我們同是無家之人，心中有一個核爆傷口，因此，我才能明瞭你那一聲聲阿季，想喚回的是「世界清新，人生潔淨」的無邪時光。

你因家庭變故，父母逃債避至美國，長你兩歲的姐姐借住親戚家。姊姊到底在青春期經歷了什麼，你寫著她聽聞父母在美國離婚，躲在棉被下哭了一夜。聰慧靈巧的姐姐走上了逆女之路，混迪斯可舞廳，迷戀幫派小弟。時間凍結在姊姊 19 歲那年，她吞下過量紅中白板而暴斃。你捧著姊姊的靈位，在法事進行時，提醒她，姊，要過橋渡河了。

你嗜愛男性胴體、靈魂之美，從中去挖掘藝術高度，你也高度投入同志運動，敢言敢行。但，你說自己是碎掉的人，姊姊死去時，一部分的你，那澄澈的青春之泉就永凍了。俊志，我懂「阿季」兩字重量，可嘆，再也不能聽你這樣喊我了。

我為你的書寫過這段話，「做為人子，做為手足，做為離散記憶的

載體，陳俊志的生命已千瘡百孔。他獨坐暗室，一幕幕過往在顯影劑還魂，他所揭露的豈僅一己之痛，他所召喚者，不也是時代幽魂。」尚未終了的仗，將有接續人，琪妹安息吧！

——原載二〇一八年十二月十六日《蘋果日報》

記燦爛如花的陳俊志

瞿欣怡 作家

Mickey 走後，我更常想起他。

我不只想念他的笑，更想念他不著痕跡的體貼。我很青澀的時候就認識他，在街頭跟反同者吵架時，Mickey 老是衝到最前面對罵，護著我們，我只需要躲在他身後；有次不小心被捲入爭端，Mickey 特地深夜來電話：「小貓，我不會生你的氣，我還是很愛你！」

他永遠愛著朋友，卻甚少索求。Mickey 內裡纖細，需要更多保護，可惜當時我並不知道。

看《台北爸爸，紐約媽媽》舞台劇的那天，小迪姐姐也來看了，他們在後台抱著，又哭又笑。後來，我們一起走在深夜的中正紀念堂，Mickey 突然對友人說：「我永遠記得你在漫天飛雪的紐約，陪我看我的第一支紀錄片。」友人早就忘了，Mickey 卻記得。

Mickey 什麼都記得，他把日常的碎片馱在身上，又用寫作刻得更深。外面的他笑得燦爛，關上門他卻把自己逼到死地。

他永遠記得朋友的陪伴與愛，但是他受傷時，卻退到很遠的地方，不要人陪，不要人看到他殘破的心，不要被看見哭花的臉。

但是，親愛的 Mickey，誰不是殘破的呢？這個世界很壞，生命本質很苦，我們都是掛著笑臉才能出門的人啊，Mickey，我們都是一樣的。

Mickey 走後，我常常想起他，恍然如夢：「啊，Mickey 不在了。」

幸好，他把自己的故事留下來了。作為創作者，陳俊志沒有白活，他把生命都留在文字裡。

我們繼續讀陳俊志的故事，為他流淚，永遠記得他笑起來，燦爛如花。

註——「陳俊志」是他的名字，也是個創作者，但 Mickey 對我而言，是在喊朋友，是對陳俊志最親切的稱呼，請容我在文章中，繼續呼喚他。

從未放棄幸福可能的倖存者

童子賢 和碩聯合科技董事長

作為俊志的朋友，一定會被他的某個特質深深吸引。讀他的書，會對他的文采折服、被他的坦誠震撼；看他拍的紀錄片，會因為他的勇敢堅毅、積極戰鬥而反覆思考他所拓展、呈現的同志論述；但見到他的人、和他說話，卻又經常因為他的熱情率真而備感溫暖、開懷大笑，那些難得一遇的才氣、總是迎難而上的勇氣，在文學、電影、同志平權運動上，都為我們留下珍貴的身影。

俊志善良而貼心，儘管我們不常碰面，但許多時候有機會，總會湊在一起做點事。曾經在二〇一三年因為廣大興號漁船事件，造成台灣與菲律賓關係緊張，包括俊志在內，我們與多位藝文界朋友合力撫慰在台的菲律賓移工，我們錄製了《友善台灣》影片、也在撫順公園舉辦慰勞菲律賓移工的音樂會，希望讓在台的菲國移工朋友感受台灣一樣有關懷他們的人，讓這些流落異鄉、付出勞力工作的人能感到安心。俊志當時也承擔了錄影、幕後工作，他總是客氣地說，「這些社會件事我不太懂，我是來學習的。」

其他像協助流浪動物議題，他也尋求主動幫忙來當義工。或許正是

因為他敏感又纖細的赤子之心，特別能同理外籍勞工和流浪小貓小狗的委屈。

兩年前我們關心他的健康，我和好友一起與俊志見面餐敘。因憂鬱症纏身，他營養不良而身體不好，連牙齒都掉了好幾顆。好友非常為他擔心，注意到他偶爾在臉書露面也總是善意的說「我很好，別擔心」。但那天看他牙齒掉落，好友刻意點了軟質海膽蒸蛋給他，他吃得很開心講了「海膽蒸蛋好好吃」，但是也知道好友的善意，終至一起抱頭痛哭。這其中有許多現實生活與工作的壓迫與挫折，不便為外人言，當天他也傾訴掉淚。

俊志的一生很精彩，也很辛苦。我在多年前《台北爸爸，紐約媽媽》出版時，就因為朋友推薦而見識到了俊志的才華。他直白優雅地坦露自己一生的傷與痛，鮮血淋漓地帶我們看到那個破碎家庭裡的掙扎與倉惶。文學有很多種面貌，王國維在《人間詞話》裡引尼采的話說，「一切文學，余愛以血書者。」俊志的《台北爸爸，紐約媽媽》正是這樣一本作品，以血書之，那些絕境裡的倖存者，但從未放棄幸福的可能。

如今此書重新出版，或許他天上有知，能帶一點安慰給他。

送俊志

張娟芬 北藝大文學跨域創作所助理教授

Mickey,

聞知你的死訊時，我寫道，「你是熱烈的存在，即使不見，仍感其溫。挖出當年為《美麗少年》寫的影評，紀念你。我知道你後來病了瘦了，但久不見矣，我記得你最美的時候。」

早上十點不到，我們挨挨擠擠坐下，來送你。久未見面的朋友遇見了也不說話，只久久的握著手。我第一次參加同輩朋友的葬禮，覺得既然可以是你，那似乎，也可以是我。其實初聞死訊時我便想，Mickey，那是我的死法，不是你的死法。你是應該在熱鬧簇擁之中的。

彷彿還可以聽見你的嬌笑，你講話聽起來就像依偎在身邊似的。你的死沒有真實感，所以，我來這裡感受，否則我會忘記。我會在某個時候很自然地提起，然後才錯愕，啊，不對，你不在了。

如果是我，你會帶著攝影機來拍，你會哭。但是是你，我什麼也沒

帶，木然而坐，看著愛你的人走上前去給你鞠個躬，然後哭著下來。螢幕上閃著你的照片，你慢慢長大，從純稚的童年到飛揚的青年。如此無盡輪迴，但略過你最後的憔悴。

至今我仍認為《美麗少年》是你最好的影像作品，慶幸當時躬逢其盛。只是我重讀那篇影評，發現我在文中讚嘆你真是「耐命」。

那時你好好的，所以我沒看出來。

我們最後一見，似乎是《台北爸爸，紐約媽媽》的讀劇會。我到場，一看你的臉色就咕噥：「他今天絕對不會看見我，除非我伸出腳來把他絆倒。」我沒有把你絆倒，而你果然沒發現我。「一直到最後跟六阿姨抱頭痛哭，老娘才又重新為人」，你說。

艾西莫夫希望能死在自己的打字機前，因為他認為將軍要死在任上。Mickey，你為你的作品死過幾回毫不保留，或許也算吧。

包括你的憔悴。你傾盡所有。直到必須告別。

我走進去看你一眼，然後留你在那小盒子裡，你所不在之處。我們離開，但沒人想獨處。我們三三兩兩散進城市各處，有人約喝酒，有人約吃飯。我們談你高潮迭起的人生，感覺你應該活得蠻過癮

的。我們談自己理想中的葬禮，dos and don'ts。我們談著應該約哪些人見面以免遺憾，哪些遺憾則應該認份接受不要強求。我們都設想了一下自己的死亡。

直到又必須告別，天已涼，一年已到了聚在一起取暖的時候。一個人坐公車，一個人開車，剩下兩個人，搭同一線捷運的相反方向。終於落單了，黃昏的天光時時都在變化，只會越來越暗。我看著地上白色的平行線，小綠人起步了，表示我也必須前進。我想，Mickey, now what?

妖孽

顧玉珍 前台灣人權促進會秘書長

「社運路上，姊妹情長。」Mickey 總是這樣說。明明一句狗血話，經他高調說出，便噴灑出真情摯性的濃香，久久不散。

Mickey 是我所認識最真摯熱烈的「社運人」，像一團火。在台灣性別平權運動尚未風湧之時，以獨特的花火燃起醒目的炮陣。妖嬈的陣頭不為娛樂神明，是要舞亂綁架弱勢生命的粗暴神聖秩序。

一九九九年，相識之初，美麗女導演剛拍完《美麗少年》紀錄片，八面玲瓏地把紀錄片擠進華納威秀和學者影城放映，用亮眼的成績打破紀錄片沒票房的刻板印象。映後座談會又是另一波深刻卻如脫口秀般的高潮。當時只覺此人氣場強大，每次出場宛如風華絕代的大明星，光芒四射。而他鏡頭下的少年們也在日常中絢麗登場，千嬌百媚。全然不同於大眾媒體依刻板想像塑造的陰溝暗渠性變態。美麗少年，用直視酣暢的影像為同志平反。

後來東森電視台《驚爆內幕》節目竟然盜用大量《美麗少年》的影像，移花接木於專題中，夾雜該台在同志酒吧以針孔攝影機偷拍的

畫面，捕風捉影，以扭曲、負面、極盡腥色羶與聳動的方式報導同志，且嚴重侵犯同志隱私權，造成許多同志被誤解，家人飽受社會壓力。Mickey 怒告東森侵犯智慧財產權，訴訟長達三年。

「我就是要小蝦米對抗大鯨魚。哼！」Mickey 每次談起訴訟既氣憤又不甘，氣憤的是財團財大氣粗用影像傷害同志還請得起大牌律師來為惡行辯護，不甘的是一窮二白沒閒功夫的創作者要耗時費力出庭爭公道，其實非常消耗生命。但每次罵完，他又嬌笑著跳回戰鬥位置，繼續投入創作，還不忘關心人權團體正在平反的三名死刑犯。

後來得知，他前一年才為了抗議新聞局歧視同志主題紀錄片而大鬧天宮。「《不只是喜宴》受到國際影展邀請，新聞局硬不補助，還瞧不起同志主題。所以我就努力打工湊錢，窮兮兮的背著錄影帶出國參展。在盛大的宴會中拉出彩虹旗，大聲指控新聞局歧視同志紀錄片，不支持不補助參展。」他談起抗議經過，笑得花枝亂顫，翹起下巴強調：「厚，幸好老娘英文很好。國內抗議無效，就去告洋狀。」又是一陣爆笑，全然忘了野外求生的飢寒交迫。

《不只是喜宴》不只獲得十五個國際影展的邀請，也促成新聞局翌年通過實施「國產錄影節目帶參加國際影展輔導要點」。

我總是驚異著如此強大的勁量電池，衝勁強，續航力佳，以為永遠不會有耗盡之時。

對抗，是一種勞心勞力的巨大事業。尤其壓迫大多源自國家機器或財團，資源權力極端不對等。所以社運講究組織戰，集結弱勢人民的力量去對抗優勢強權。Mickey 這個抗爭型的創作者則像個社運個體戶。以一人之力做著一個組織的事，除了自身要有強大的生命能量，還要有洞見弱勢處境的敏感度，以及合縱連橫的串聯本事。幸好此女亦妖亦仙，見縫插針，借力使力。移山倒海樊梨花。

那天，Mickey 帶了張報紙來台權會，邊角圈起一則小小小的地方新聞。

「這一定有問題。」他指的是一名國三生陳屍學校廁所的新聞。葉姓學生是葉永鋕，當時沒有人認識他，屏東高樹鄉對大多數台灣人來說都很陌生。這是一則典型的「報屁股」，通常用來填充版面。死亡被輕輕地丟在媒體易忘的角落。「在台灣，娘娘腔的男孩子其實成長過程很辛苦，他的死可能不單純，我要去瞭解這件事。」

是夜，去電，他已在南下的夜行客運上：「我買到便宜的特價票，應該天亮就可以到高樹了。」聲音還是一樣高昂，像個去旅行的孩子。但我知道他擔心萬一遺體被火化，現場遭破壞，就更無法得知

死亡的真相，所以急著與時間賽跑。

從北至南，十多小時後才抵達陌生鄉鎮，目睹一對務農的父母悲痛送別孩子。

然後，Mickey 把葉永鋕的死亡之謎帶回台北。當報紙中的某甲變成血肉之軀，他不只是葉永鋕，也是很多娘娘腔男孩共同的成長經驗。很多人不願回顧的青春殘酷記事，而葉永鋕的生命停滯在殘酷中，無法前進。於是我們邀請人本、司改會、婦女新知來台權會開會，針對此案分工調查與協助葉家。台權會執委顧立雄律師也在翌日便南下高樹鄉，對已經被學校快速清理破壞的現場進行勘察。

往後幾年的時間，Mickey 經常搭乘便宜的夜行客車前往高樹，陪伴葉爸爸葉媽媽，也拍攝，用影像零零碎碎地拼湊出更完整的葉永鋕。

在我們各自忙碌的片刻交會中，慢慢聽到他說自己的故事。說著當初跟母親出櫃，母親驚慌地塞了一筆錢給他，叫他快逃，免得被父親打死。孽子變成逆女，從美國逃回台灣，削肉還母剔骨還父，只為了成為自己。此時，我稍微瞭解他為什麼總是老遠去高樹，「雖然我無法代替永鋕，但想幫他陪伴葉爸爸葉媽媽。」他也同時在心裡陪伴著遠在異國那位劬勞憂愁的母親吧。那麼遠，那麼近。

多年後，他寫下《台北爸爸，紐約媽媽》，才有機會看見更完整的 Mickey。

看見，是被掩蔽的生命的一線光。

葉永鋕短暫的人生也在 Mickey 和社運團體的努力下終於被看見，看見他的溫柔可愛，也看見他如何在校園中因不同於典型男性的陰柔氣質而被霸凌。玫瑰少年之死凸顯性別歧視對生命的戕害，二〇〇〇年底，教育部把「兩性」平等教育委員會正式宣布更名為「性別」平等教育委員會，教育政策的重點從「兩性」教育正式轉化成為「性別」平等教育。

葉永鋕已化做春泥，成為校園平權的沃土，期能讓所有的孩子們依照生命內在多元的果核長出似錦繁花。

Mickey 則繼續以影像與文字為劍，行俠仗義。與婦女新知合作，用影像記錄性騷擾受害人的處境，校園的職場的，無處不在的性騷擾正是性別歧視與權力結構結下的惡果之一。他一邊參與社運的抗爭行動，一邊完成了《玫瑰的戰爭》紀錄片。也在「家庭暴力防治法」修法時，積極倡議將同志同居伴侶納入保護。

某日下午，Mickey 帶我去晶晶書店，指著帥氣老闆說：「當初就

是阿哲拿葉永鋕的新聞給我看的。」阿哲也是同志，晶晶書店則是台灣第一家屬於同志的、正視同志文化的書店。

他們身上都有相似的受過傷的柔軟與堅強。我猜想，或許許多同志都有過出櫃的同時展開人生的逃亡或是求生之路，跌跌撞撞。於是被擠壓的生命經驗長出敏感的雷達，對受苦的靈魂特別有感。他們不只關心切身的多元性別與性自主議題，也對其他在權力傾斜之地跌落的人特別上心。

正當台權會積極展開「蘇案」的救援行動，某日傍晚我如往常般與其他救援者在濟南教會進行長期靜走抗議。正要接受電台訪問的Mickey突然來電，原來是他說服了主持人改變主題與我電訪談「蘇案」，他說：「救援死刑犯比較重要。」是的，社運人總是在搶時間，深恐自己做得不夠多不夠快，又有人含冤死去。「貪生，怕死」。

權力之地如此傾斜，生死一線，只能搏命。

搏命，不容易。

傾斜之地，維持自己的平衡已吃力，還要支持他人的平衡。社運者經常在透支生命。

「與個案生死與共。」我曾經期許自己做到，但，逃走了。洗手金盆從「娘」去，語作輕快，實乃羞愧於說了大話，焦慮於安逸。然而，Mickey 記住了，而且用盡生命揮霍才情去實踐。

去年他重病住院，卻不讓任何人知道。「一生是個強者，我要用我剩下來的一口氣為我自己拚命，我很執拗地跟自己說。我只剩一口氣來救我自己，任何朋友來看我，我還得分神來照顧朋友。我這一輩子一直都是如此。」

這位勇敢真摯的社運姊妹是一團火，妖豔之火。再暗的路都要照亮。沒路，就用自己的生命燒出一條路來。

令人既敬佩又心疼，還有偷偷的欣羨。我，膽小。

親愛的 Mickey，這個世界不配擁有你，天堂也不配。如今你一定去到一個比天堂更自由美好的地方，不用再拚命，可以放浪地笑與愛，縱情創作，展現你獨特的風華絕代。

我會記憶著你，感謝世間曾有如此美麗的妖孽。

——原載二〇一八年十二月二十日《中國時報》

追憶「美麗琪姐」陳俊志

畢恆達 國立台灣大學建築與城鄉研究所教授

很多人說陳俊志「三八」（這不是貶，是褒），他自己也這樣說。

到底是什麼時候認識他的，已經想不起來。但台灣的同志運動圈，就那麼點大，彼此應該都認識的。祁家威建中讀我隔壁班、許佑生與我是同一家出版社的作者、阿哲（賴正哲）是我指導的學生。

我記得在一個私人場合看過《不只是喜宴》的片段（一九九七年），當年轟動武林在敦南誠品舉辦《美麗少年》的首映會我也恭逢其盛（一九九八年）。應該是那時候就認識了，但可能還不夠熟。她為了《美麗少年》遭東森電視節目盜用事件而打官司【註1】，我大抵還是一面讀報紙，一面讚嘆他的勇氣。然後，應該是在各種同志運動場合裡相遇、並肩作戰，而愈來愈熟。

二〇〇〇年四月，陳俊志打電話來，說屏東有國中生在廁所離奇死亡，死因不明，雖然只有地方新聞，但是當地的娘娘腔、小 gay 都直覺聯想到自己的處境，覺得事情不如表面那麼單純。他希望我能夠在教育部兩性平等委員會的位置做些事情。當時屏東縣政府、督

學都已經介入，但是處理結果並不好。於是我和蘇芊玲老師討論，向委員會提案成立調查小組，也邀縣府人員加入。

蘇芊玲、紀惠容、王麗容和我四人兩次前往高樹，訪談校方行政人員、相關老師、同學、醫師，以及葉媽媽。當時怕如果有錄音存證，老師說話會有顧忌，於是我們儘量記筆記，寫成逐字稿。經整理過後，由我寫成〈從兩性平等到性別平等：記葉永鋕〉【註2】一文在《兩性平等教育季刊》上發表。

陳俊志則根據長期採訪經驗，寫成〈人間．失格——高樹少年之死〉，獲得時報的報導文學獎。此後，陳俊志、性別平等教育協會、高雄人本，持續陪伴葉媽媽走過漫長的法律訴訟的過程。他們是真心，真讓人感佩。後來陳俊志剪了五分鐘的片段，影片中同學在葉永鋕的告別式上演唱他喜歡的〈聽海〉，從此我懼怕聽到〈聽海〉，我會無法克制盈眶的淚水。

二○○○年安排白絲帶運動的座談時，我先請四位不同世代的男性講述他們是怎麼長大的：「男人談男性氣慨與男性文化」；再找四位女性講她們心中的男人：「女人談男性氣慨與男性文化」；最後則是邀請江兒（奶爸）、蕭志暉（小學教師）、陳俊志談論在傳統主流的男性樣貌之外，還可以活出如何不同的樣子：「掙脫傳統的枷鎖：不一樣的男人」。

然後講到有一次到紐約與外甥 Jordan 見面。他的一群朋友和 Jordan 去逛博物館，Jordan 就覺得不對勁，「怎麼叔叔不像叔叔、阿姨不像阿姨？阿姨都奮勇向前，叔叔都非常溫柔細心。」等到一起吃飯的時候，他就忍不住一個一個問了。

Jordan：Are you gay?

叔叔 A：Sure.

Jordan：Are you gay?

阿姨 B：Of course.

Jordan：Are you gay?

叔叔 C：Definitely.

圓桌一輪下來，他聽完差點就要崩潰了。

隔年台大兩性平等週，我們以男子氣概為活動主題，其中安排一場「異／女／同／男的愛恨情仇」的座談，再度請來陳俊志，以及張娟芬、洪文龍、楊長苓共同主講。他仍然是姍姍來遲，但是一開口就技驚全場。

他說他要講一個如何從堅固男孩轉變成芭比娃娃的故事。說他的生活愈來愈 gay，「下午去看一個中醫。我的室友都是 gay，他們都說那個中醫長得很帥，開的藥也很溫和，很適合 gay，就算沒病，也

有養身的效果。我是沒病去找他看的，結果他好不容易幫我找到一個病，開了一帖藥，讓我吃了不會流鼻血。我決定以後每個禮拜都要去找他看病。」

二○○四年我參加婦女新知的募款茶會。繼反性騷擾紀錄片《玫瑰的戰爭》後，新知深知影片的教育功能，當晚募款的其中一個計畫就是贊助陳俊志繼續拍攝性別紀錄片。我心中很篤定，當晚的捐款就是捐給他的紀錄片了。沒想到募款開始，先募的是其他計畫，主持人羅文嘉看到我，一直點名要我捐款，可我只好厚著臉皮不動聲色。直到為紀錄片募款的時候，才舉手。

對於拍攝紀錄片而言，募得的款項極其有限。二○○七年教育部有個「玫瑰少年」的拍攝補助標案，當時我心想，全台灣除了陳俊志，沒有任何人比他更夠格了。沒想到他竟然沒有拿到此案。等得標者拍攝完成，我擔任審查委員，覺得可惜。如果讓陳俊志來拍，一定更有深度、更感動人心啊。葉永鋕的紀錄片，這幾乎我們每次見面，我都會鼓勵他一定要完成啊，它必定會在台灣性別史上佔有重要位置。他也深知責任重大念茲在茲，可惜資源不足，時不我與，如今也只能想像。

二○一一年他出版《台北爸爸，紐約媽媽》，大膽挖掘自己的家族史，讀來讓人心痛。這本書一舉囊括金鼎獎、台北國際書展大獎。

可惜中國時報的開卷好書，當年沒有入選，他一直引以為憾。他在晶晶書庫舉辦新書巡迴講座，請我同台座談。座談中我詢問，前男友是否讀了這本書？他當場大怒，說身為親密關係暴力的受害者，為什麼沒有具名指控的權利？而我其實是擔心，前男友會不會再度找上他，對他暴力相向。時間久了，他應該知道我的心意。

我本來不用手機的，臉書的開心農場在台灣盛行時，我也興趣缺缺。二〇〇八年從朋友處，讀到陳俊志的貼文，看到他使用異常華麗又詼諧的詞藻，或發抒情感，或褒貶社會時事，充分展現他的內心世界的另一面。每天閱讀他的貼文，暢快淋漓。這也是我當時之所以註冊臉書的一大動力。

有了臉書，即使不常見面，也大致能夠猜想他當時的生活景況。然其中有長達二、三年的時間，他的臉書毫無動靜。很多人以為他是在閉關剪片，後來得知是憂鬱纏身。等他復出時，剛好因為有共同好友，在花園新城一起吃火鍋聊天談心。那時他身體狀況仍不好，但得知當晚台大校門口有支持婚姻平權的洗地板活動，他也就跟我們一起共襄盛舉。活動結束，我與他一同走路去牽他的摩托車，他說連走路都全身無力、舉步維艱。我問他，騎車回家確定沒有問題？他肯定。但沒想到，這竟是最後一面了。

我覺得他有一些難得的特質，讓人會想要呵護他，任他撒嬌。同志

發生事情了，他拿著攝影機站在第一線，用肉身與國家機器對抗。為了爭取同志與紀錄片工作者的權益，他據理力爭，毫不退縮。為了工作，他足不出戶、焚膏繼晷；為了朋友，他仁至義盡、兩肋插刀。

因而，當他是個遲到大王，待他姍姍來遲，我們都說等待是值得的。他說話很誇張，自稱是「資深國際知名女導演」與「華文首席暢銷女作家」，但我們都是認真同意的。

——原載二〇一九年一月十一日關鍵評論網

註 1——我用「陳俊志 東森」搜尋 Google，本來是要找東森新聞盜用美麗少年影片的事件，沒想到出現的第一則新聞，竟然是「為性別議題赴湯蹈火 導演陳俊志過世享年 51 歲」，真是令人不勝欷噓。

註 2——這裡有兩件事情需要澄清。葉永鋕事件，一開始報紙將他的名字寫成葉永誌。我在教育部調查前，根據新聞報導，以性別的角度投書給中國時報：〈從葉永誌的死檢視男性特質〉，因此他的名字也跟著寫錯。

另一件事是，早在一九九七年教育部第一屆兩性平等委員會成立之時，即有不少委員，認為應使用「性別」而非「兩性」一詞。兩性乃台灣日常生活用語，沒有對應的英文可用。然受限於當時的《性侵害防治法》使用「兩性教育」一詞，在法規修正之前，仍需使用「兩性」。葉永鋕事件發生之前，兩性平等教育法已在草擬過程之中，因為此事件讓「性別特質」不再是抽象的學術名詞，而有了鮮活的實例可以理解，有故事可以敘說。從此台灣的兩性教育邁入性別平等教育的時代，生理性別、社會性別、性別特質、性傾向等都是討論性別不可分割的面向。

永遠的美麗少年

陳俊志紀念特輯

作者	李桐豪、張小虹、張娟芬、陳雪、畢恆達 童子賢、楊力州、楊索、瞿欣怡、顧玉珍
社長	陳蕙慧
主編	陳瓊如
行銷企畫	李逸文、姚立儷
美術設計	陳文德
封面照片	吳忠維
社長	郭重興
發行人兼出版總監	曾大福
出版	木馬文化事業股份有限公司
發行	遠足文化事業股份有限公司
地址	231 新北市新店區民權路 108-2 號 9 樓
電話	(02)2218-1417
傳真	(02)2218-0727
Email	service@bookrep.com.tw
郵撥帳號	19588272 木馬文化事業股份有限公司
客服專線	0800-221-029
法律顧問	華洋國際專利商標事務所 蘇文生律師
印刷	呈靖印刷股份有限公司
初版一刷	2019 年 04 月 03 日

非賣品

封面照片：陳俊志　自宅客廳　二〇一七年四月七日傍晚六點〇九分

台北爸爸，紐約媽媽

作者	陳俊志
社長	陳蕙慧
主編	陳瓊如
行銷企畫	李逸文、姚立儷
內頁構成	陳文德
封面設計	聶永真
社長	郭重興
發行人兼出版總監	曾大福
出版	木馬文化事業股份有限公司
發行	遠足文化事業股份有限公司
地址	231 新北市新店區民權路 108-2 號 9 樓
電話	(02)2218-1417
傳真	(02)2218-0727
Email	service@bookrep.com.tw
郵撥帳號	19588272 木馬文化事業股份有限公司
客服專線	0800-221-029
法律顧問	華洋國際專利商標事務所 蘇文生律師
印刷	呈靖印刷股份有限公司
初版一刷	2019 年 04 月 03 日
定價	500 元

國 家 圖 書 館 出 版 品 預 行 編 目 (CIP) 資 料

台北爸爸，紐約媽媽 / 陳俊志作 .
-- 初版 . -- 新北市 : 木馬文化出版 : 遠足文化發行 , 2019.4
面； 公分
ISBN 978-986-359-655-4（平裝）

855　　108003620